眠る魚

坂東眞砂子

集英社文庫

眠る魚　目次

眠る魚

訊問《じんもん》されるより先に即刻逃げる勇気のあった人びとは、決してつかまることもなかったし、しょっぴかれることもなかった。いっぽう、正義を期待してじっとしていた人びとは刑をくらった。そしてほとんどすべての人びとが、その圧倒的多数が、まさに臆病で、意気地のない、もう駄目だと諦《あきら》めきった態度をとっていたのである。

『収容所群島』　ソルジェニーツィン（木村浩訳）

Ⅰ　扉を叩く音

とんとん、とんとん。

躊躇《ためら》いがちにノックする音で目が醒《さ》めた。

夜中だ。南太平洋に浮かぶ小さな島の家の中だ。家の前にある海からは、波が岩にぶつかる音が続いている。その波音の間に、モールス信号のように、とんとん、とんとん、という音が続いている。

私はしばらくベッドの中でじっとしていた。眠い。とても眠い。

このまま寝ていたかった。

寝ていればすべてを忘れられる。ベッドの隣にはもう誰もいないことも、別れ話が進む中で、伴侶であった男が見せる別人のように冷酷な貌《かお》も。すべてを忘れて、眠りの中に浸っていたい。朝まで……いいえ、ずっと……いつまでも……。

しかし、ノックの音は執拗《しつよう》だった。

私は渋々起き出して、ドアを開けた。

戸口に立っていたのは、庭師のジョージだった。南半球の夏とはいえ肌寒い夜で、頭には毛糸の帽子、木綿のコートをひっかけ、痩せた黒い足を、パジャマ代わりの縞模様《しまもよう》の半ズボンから出している。アンディと同居していた頃から、庭師兼夜警として、敷地の隅にある庭師小屋に住みこみで雇っている三十歳そこそこの男だ。

「起こしてすみません。ちょっとニュースを聞いたもので」

いつも何かに対して後ろめたいような顔をしているジョージは、この時も目をきょときょと泳がせつついった。

「あの……日本で大きな地震があったというんです」

神戸の大震災みたいなものが起きたのだろうか。まだ半分眠っている頭の中では、思考も感情も麻痺《まひ》しているようで、現実感に乏しい。この南半球の小島では、日本のニュースを耳にすることはまずない。夜中に、日本の情報が、現地人の庭師の口から伝えられたこと自体、信じられない気分だ。だいたいジョージが、日本が世界のどこにあるか知っているとも思えない。

「確かなの」

私は、寒そうに足踏みしているジョージを詰問するように訊《たず》ねた。

「母が電話をかけてきたんです。ラジオで、津波が来るので逃げるようにといってるって。夜の二時に来るそうです」

私の家にはテレビもラジオもない。アンディがそんなものは要《い》らないといって、置いていなかった。ジョージもラジオなんか持ってはいない。

海沿いのこのあたりでは人家はまばらだ。住人はほとんどが白人で、現地人はジョージのように庭師として住みこんでいる人々がいる程度だ。現地人の村に住んでいれば、緊急避難の話なぞすぐに伝わってくるだろうが、離れた場所にある小屋で一人住まいをする息子の耳に届いていないのではと、母親は心配したのだろう。

「兄が一緒に逃げようといったけど、僕は奥さんが心配だったんで、起こしにきたんです」

ジョージの兄は、ここからまだ奥の道の行き止まりにある地区で、妻子共々、住みこみの庭師をしている。

ジョージと話している間にも、家の後ろの道路をヘッドライトをつけた車が二台、首都ポートビラのほうに走り抜けていった。いつもならポートビラで夜を過ごしてきた者の車が、家に向かって戻っている時分なのに、方向が逆だ。彼らも津波の情報に慌てて逃げているのだろう。自信なげなジョージの言葉よりも、その車の動きが私の危機感を芽生えさせた。

時間を確かめると夜の十時。

「わかった。夜の二時までまだ時間があるから、一時間後に出発ということにしましょう」

ジョージは頷《うなず》いて小屋に戻っていった。

半年ほど前にも、津波が来るという知らせを、ジョージが伝えてきたことがあった。まだアンディがこの家にいた頃だ。彼は、友達に電話をかけて震源地がバヌアツ北部の島の沖合で、しかもかなりの深度であることを知ると、逃げなくてもいいといいだした。私は怖くて、避難したほうがいいと主張したが、アンディは大丈夫だ、そんなことにいちいち怯《おび》えて、鼠《ねずみ》みたいにキイキイ喚《わめ》くなといったものだった。太平洋プレートがオーストラリアプレートに潜りこむサブダクション帯にあるこの島国バヌアツでは、地震は頻繁に起きる。地震や津波に、いちいち騒いでいては身が持たないほどだ。

アンディは、いいだしたら聞かないところがある。自分の価値観というものをしっかり持っていて、それに反することに対しては、小難しい議論を展開してしつこく説得しようとする。たいていは面倒になって、私は納得したふりをするのだが、この時ばかりは首を縦には振らなかった。

私は、アンディと別行動を取り、ジョージと一緒に避難した。思えば、二人の間のきしみはあの頃からすでに現れていたのだ。その時は、首都ポートビラの湾内の潮位が十三センチ上がった程度の「津波」だったので、アンディは、それみたことか、といわんばかりの顔をして、夕刻になって戻ってきた私を迎えたものだった。

今頃、アンディはポートビラで、オーストラリア生まれのベトナム系のあの女に、やはり、避難なぞしなくて大丈夫だといきがっているのだろうか。やたらお喋《しゃべ》りなあの女は、計算尽くのなよなよした仕草で、わかっているけど、怖いのよ、ダーリン、一緒に逃げてなどと、うまく説得してみせるに違いない。そしてアンディは、自分の娘ほどに若い女の子供っぽい言動を寛大に受け取り、共に逃げたかもしれない。別行動を取り、亀裂をさらに大きくさせてしまった私とは違い、あの女ならうまくアンディを操れるだろう。

人は、相手によって、見せる貌が違う。人の性格とは多面体で、どの面を向けるかは、相手との関係性に左右されるということくらいわかるほどには長く生きてきた。

苦い気分が広がってきたので、とにかくパジャマを脱いで普段着に着替えた。ジーンズにTシャツを着ると、少し気分は変わったが眠気はまだ去らない。ふと携帯を見ると、ポートビラで旅行会社を営む修《おさむ》から何度もかかってきていたことに気がついた。この島に常住している日本人は二十人程度で、横の繋《つな》がりはかなり緊密だ。

そういえば寝ている時、電話音が鳴っていた。あまりに眠くて放っていた。早速、修に電話してみると、「よかった彩実《あやみ》さん、やっと通じた」と安堵《あんど》したような声が返ってきた。

「日本ですごい地震が起きたというんです。岩手から福島仙台にかけて、マグニチュード8・8だって。こっちまで津波が来るというので、みんなビラに避難してきています。彩実さんも来るんだったら、ホテルの手配をしますよ。今ならまだ空きがあるみたいです」

ポートビラは港町ではあるが、高台にまで民家やホテルが広がっている。津波でも、そちらに逃げるとたいてい安全だ。しかし家から町までは車で三十分はかかる。わざわざ、そこまで逃げなくても、近場の山に避難すればすむ話だと、私は自分で対処するからと誘いを断った。

パソコンを立ちあげて、日本の情報をネットで見た。やはり大きな地震が来たらしい。しかし震源地は三陸沖で、私の生まれ故郷にまではさほどの被害はないだろうと考え、逃げる支度を始めた。パスポートと現金、クレジットカード、水と食料をちょっとばかし探していると、また携帯電話が鳴った。フィジーにある日本大使館からだった。私がポートビラに避難することを断ったことが早くも伝わったらしい。他の日本人と一緒に行動するのがいいのではないかと、心配して電話をかけてきてくれたのだった。

南太平洋諸島に住んでいる日本人は限られているために、外務省も各人に対して、丁寧な対応ができるのだろう。私は修にいったように「大丈夫です」の一点張りで電話を切った。

元来、私は最後の最後まで国には頼りたくないと思っている。内乱に巻きこまれたり、パスポートを紛失したりしたら、外務省に泣きつくだろうが、できるだけ自分のことは自分で始末したい。津波からの避難程度のことで、日本人同士で固まる必要も感じてはいなかった。

水と果物を少し、現金や免許証、滞在許可証、パスポートの入ったバッグ。それから、避難先に着いたら、車の中で中断された眠りを取り戻そうと、毛布と枕まで積みこんだ。

十一時少し前に、ジョージを乗せて、車で出発した。今回は大きな津波が来るようだから、前とは別の山に行ったほうがいいというジョージの言葉に従って、ポートビラの方角に向かう。

昼でも車の通りは少ない未舗装の道だが、深夜となると尚更だ。左手には黒々とした山の影が連なり、右手は海に続く林となっている。その間に所々人家があるのだが、高い塀や生垣に遮られて、明かりなぞは見えない。ひっそりとした夜の道を車を走らせていると、津波なんかほんとに来るのだろうかと疑わしく思えてくる。

舗装道に出ると、その先には島の南部と北部を隔てるように聳《そび》える高い山がある。島一周のドライブをする時に通るのだが、かなり急な坂道を登って、やっと峠に辿《たど》り着く。その峠に向かって車を走らせはじめるや、暗闇の中を大勢の人たちが山に向かって歩いている光景にぶつかった。元気な大人は、大きな荷物を背負い、両手に袋をぶらさげている。車のヘッドライトで、その荷物は、毛布や鍋、食料らしいものの入った籠などだとわかる。まるで家財道具一式を持っての引っ越しのようだ。背の曲がった老人も、子供たちも交じっている。そんな群衆が街灯のひとつもない暗い山道を、ひたひたと山に向かって進んでいる。懐中電灯の光もまばらで、ほとんどの者は暗闇を移動している。

舗装道のそばにあるメレ村の人たちだと、ジョージがいった。現地人で車を持っている家は少ない。みんな歩いて避難しているのだ。私は車を徐行させながら、その人々を追い抜いていく。

「メレの者は、津波の時には、この上の山に逃げることになっているんです」

知り合いはいないかと探しているらしく、ジョージは窓から身を乗りだすようにして外をきょろきょろと眺めている。

津波がやってくるまでにはまだ時間があると知っているためか、誰も別に慌てふためいている様子はない。まるで慣れたことでもあるかのように、真夜中近い坂道を、大きな荷物を持って、蟻《あり》の行進のように登っていく。

以前、和歌山の那智勝浦《なちかつうら》にアンディと一緒に旅したことがあった。その時、串本町《くしもとちょう》の小さな神社で古い絵馬を見つけた。安政の南海大地震の様子が描かれていた。津波を恐れて、人々が逃げている絵だった。それこそ、鍋釜、蒲団《ふとん》まで担いで、みんな山へと走っていた。

どんなに科学技術が発展しても、情報網が発達しても、地震や津波を前にして人間にできることは、少しでも安全なところに逃げることしかないのだ。

夜道をぞろぞろと歩いていくメレの人々の姿に、私は百五十年以上も前の日本人の姿を重ね合わせていた。

二〇一一年三月十一日深夜。その時はまだこの大地震と津波によって、福島県にある福島第一原子力発電所の原子炉が爆発、大量の放射性物質を大気中や海中にばらまいてしまうとは知らずにいた。

日本、放射能による危険度は評価困難

日本における核事故で報告されている各種放射性物質は、比較的安心できる程度のものから、気がかりなものまで幅広い。

その危険度を測ろうにも、肝心の環境中に拡散された放射性物質の量が現在把握できていない。風やその他の大気の要因が、破損した原子力発電所の周囲での放射能の広がり具合を決定するからだ。

とはいえ放射性物質の特性と、人体に対する影響は、脅威へと繋がりうることをある程度示唆している。

「状況は、かなり悪い」と、フランク・N・フォン・ヒッペル（クリントンが大統領であった頃に助言役を務め、現在はプリンストン大学で国際問題を教えている原子物理学者）は語る。「だが、もっと悪くなりうる」。

ニューヨーク・タイムズ　二〇一一年三月十二日付

南太平洋にある私の家は、海辺に面していた。耳を澄ませば、いつもそこには波の重低音が流れている。波の荒い日もあれば、穏やかな日もある。波荒い日は、どおん、どおん、と背筋を打つような音が響いている。家の前の岩場に出ていくと、白い飛沫《しぶき》が散っている。太陽の光でいっぱいの時ならば、岩に砕ける白い波と混じり、岩礁付近の水はペパーミント色になる。その爽やかな色を見ていると、心がどこか遠い世界に連れさられていくようだ。どこまでも新鮮で瑞々《みずみず》しい、青春の色。明るい未来のシンボルの色、今の人類には無縁のものとなってしまった色だ。

波静かで、海面に銀色のさざ波しか揺れていない朝などは、よくイルカの群れが回遊してくる。さざ波の間に弧を描いては消えるぎざぎざした黒い背びれは蛇の背のようで、最初に目にした時は、もしかしたら巨大な竜ではないか、ネッシーのような古代の怪獣を見ているのではないかと興奮した。

だが、よく見ると、二、三十頭のイルカの群れだった。黒灰色の背びれを持った一頭が海中から背を現し、弧を描いてまた水中に没すると、次の一頭が背を現す。その動きが音楽のような連続性を持っていたために錯覚したのだった。

イルカの現れるような日は、シュノーケルを手にして、海に泳ぎでていく。家の前に続く岩場は、珊瑚礁《さんごしょう》に続いている。写真でしか見たことはないが、インカのマチュピチュ遺跡を思わせる岩礁が青い中に広がり、熱帯魚が泳ぎまわっている。一心に藻をつついている黄色い縞のレインボウ、遊ぶように追いかけっこしている青や黒のブダイや、白と黒の縞模様の魚。悠然と横ぎっていくウマヅラハギの群れ。ナポレオンという尊大な顔をした青みがかった大魚や、海底を這《は》うようにして進む異星人の宇宙船を思わせるエイや、小さくてもいかにも獰猛《どうもう》そうな顔つきのサメを見かけると、海面に浮かんだまま息を潜めてやり過ごす。

魚も夜には眠るのだと、アンディの使っているバヌアツ人のセルウィンがいっていた。セルウィンは、北部の島育ちで子供の頃から素潜りで魚を捕ってきた男だ。家の前の海を眺めて、ここで夜に潜ってみたいというので訊《き》くと、昼間は活発に動いている魚たちも、夜となるとじっとして寝ているのだというのだった。防水の懐中電灯で照らしても動かない。そこを水中銃で撃つと簡単に仕留められる。だから夜の海はいいのだと。あの時、アンディに、一緒に夜に潜って、魚をいっぱい捕ろうと誘っていたが、結局、行ったのだろうか。

アンディは釣りは好きだが、ボートに乗っての海釣りしかやらない。釣り好きが高じて、今ではポートビラで観光客相手にフィッシングボートの手配や、ダイビング教室を開いている。あのベトナム系の女は、その教室にやってきて、アンディを釣りあげたのか、それともアンディが釣ったのか……。

波間を漂い魚たちを眺めていると、厭《いや》な想《おも》いが雲のように湧いてくるが、やはり雲のようにどこかに流れて消えていく。

体の下に広がるのは、人のいない異空間だ。青い色に染められた、冷たくて、静かな世界。全身から力が抜けて、海に融けていくようだ。

人の体の約七十パーセントは水だという。赤ちゃんは八十パーセントにも及ぶ。

友人が大学の授業で習ったと話してくれたことがある。ヒトは羊水の中で、胎児の姿を取るまでの間、太古の魚だった時代から、両生類、爬虫類《はちゆうるい》へと形態を変え、哺乳類へと進化してきた過程を再体験するのだと。

私たちの細胞には、海の魚だった時代の記憶が刻まれている。そして、ヒトとして陸上で空気を吸いながら生きるようになっても、体の大半は水を抱えている。波が穏やかに響く時、心が落ち着いてくるのも、嵐で波が荒れる時、どこか不安になったり、興奮したりするのも、私たちの内なる海と、魚であった記憶が共鳴するからかもしれない。

福島の海洋汚染・チェルノブイリ以上

福島原子力発電所事故による周辺の海に対する放射性物質の影響は、一九八六年のチェルノブイリ原発事故をすでに超えたことを科学者たちは発見した。これはチェルノブイリでの百万人に近い癌《がん》による死亡が、来るべき数十年の間に繰り返されるであろうことを意味している。

プリズン・プラネット　二〇一一年五月二十日付

「海の汚染なんて、希釈《きしやく》するんです。時間が経《た》てば、水に薄まって消えていく。なんてことないですよ」

太い声で言い切ったのは、林さんだ。福島第一原発の事故によって発生した汚染水を日本政府が海に大量に放出したという話をネットで見て、とんでもないことだと憤っていた私に朗らかな顔で断言したのだった。

「それに現場では、冷却水を保管するプールがいっぱいなんでしょう。低い濃度の汚染水を放出して、高濃度の汚染水を溜《た》める場所を確保する。仕方ない話ではないですか」

東南アジアや中東の発展途上国で工場建設の仕事に携わっていた林さんは、引退してから、青年海外協力隊のシニアボランティアに応募した妻の晴子《はるこ》さんにくっついて、バヌアツにやってきた。毎日、好きな釣りをして、悠々自適の生活をしている。アンディの会社のボートを借りてトローリングしたことがきっかけで知り合い、たまにお宅に呼ばれて食事をご馳走《ちそう》になる。

その時も、日曜日の昼食に招待され、ポートビラ市内にある林夫妻の借家にきていた。古ぼけた平屋ではあるが、窓からは、プルメリアやブーゲンビリアの咲き乱れる美しい庭が眺められる。

「低い濃度と政府はいっているけど、ほんとは通常では考えられないくらい高い汚染度だって聞いたのだけど……」

「これまでにも核実験で、アメリカやフランスは海洋に放射性物質をさんざんばら撒《ま》いてきたんです。海洋汚染のことをいいだしたら、きりはないです」

「でも、福島の海洋汚染はチェルノブイリ以上だって読みましたよ」

このところ日本の報道だけでは飽きたらず、ネットで海外の報道も拾っている。確かイギリスの新聞にそんな記事が出ていたはずだった。

「まさか。放出された放射性物質の量はチェルノブイリの三分の一です。福島の事故は、チェルノブイリほど悲惨ではないですよ」

林さんは土木技術者として管理職にまで昇った人間だ。自信たっぷりに語る技術者の前で、科学に疎い私は自説の根拠を見失ってしまう。なにしろ、ネットでざっと見ただけの知識しかないのだ。

「まぁ、しばらくの間は、福島や三陸で捕れた魚介類は食べないってことにすればいいだけでしょう」

白いビニールクロスをかけたテーブルに、晴子さんが大きな鉢を置いて口を挟んだ。八宝菜ということだが、汁の中に野菜があっぷあっぷしていて、スープ煮のように見える。

晴子さんは料理が苦手だ。食事に招待されても、まだ支度ができていなかったり、あっと驚くほどまずいものが出てきたりする。それでも誘いに乗ってやってくるのは、世界各地の発展途上国で生活してきた林さんの見聞談がおもしろいからだったが、今日の福島原発事故の話は、私の中に飲み込めない塊を残していく。

「魚介類だけでなくて、作物も危険だといわれているでしょう」

「風評被害、風評被害」

晴子さんは笑った。

「そんなことより、福島の食べ物をどんどん食べて、地震と津波で打ちのめされている農家の人たちを助けてあげなくちゃね」

これが日本だったら、林家の食卓に載っているのは福島県産の食材なのだろうな、と私は思った。

「今の日本は、原発は怖い、放射能は怖い、という言葉だけが一人歩きしているんじゃないですかね」

林さんはご飯に八宝菜をどっとすくってかけながらいった。

「世界最大のチェルノブイリの原発事故でも、死んだのは原子力発電所内にいた四十七人だけなんです」

あれっ、と思った。別のデータでは、もっと膨大な人数……百万人もの被害者数まで出ていたのではなかったか。しかし、これまた曖昧な記憶なので、そのデータを出した団体の名称すら覚えていない。

「だけど、チェルノブイリでばら撒かれた放射性物質で癌になって死んだ人はいっぱいいると聞きましたけど……」

我ながら「風評」と大差のない言い方しかできないと歯がゆくなりながら、抗弁する。

「癌と放射性物質とのはっきりした因果関係は見つかってないんです。何にでも原子力に結びつけて騒ぐのはよくないと思いますよ。気にしすぎて、ストレスで死ぬほうが心配なくらいでしょう。それに原子力発電がないと、電気代は今の二倍になって、日本経済は崩壊します」

その電気代の試算もまやかしで、設備費や補助金まで加えると、原発は最もコスト高の電力になるということを読んだが、経費の内訳の具体的な名が思い出せない。

歯がゆい気分でいる私の前で、「原子力は日本にとって必要なんです」と、林さんは断言した。


「俺は原発なんか要らないと思っているな」

旅行会社のソファに足を投げだして寝そべり、修は口を尖《とが》らせた。

「でしょう、私もそう思ってる」

私は我が意を得たりという気分で頷いた。

仕事の打ち合わせに立ち寄った後の雑談だった。修の経営するツアー会社で、私はガイドや通訳として、よく雇われている。アンディが出ていった後も、残された家で細々とながら生活できていけるのは、ここの仕事のお蔭《かげ》だった。とはいえ、年齢が近いことや、異国の日本人同士ということもあって、経営者と雇われ人というより、友達のようなつきあいだ。

旅行会社のスタッフは昼食に出ていて、オフィスはがらんとしていた。ブラインド越しに見えるポートビラの海辺の目抜き通りは、真昼の強い陽射《ひざ》しで白く浮きあがっている。午前十一時半から午後一時半まで。南の島の昼休みはたっぷりと長い。

「ポートビラも首都のくせして停電はしょっちゅうだし、電気も通ってない村なんかいっぱいある。それでも、みんな生きてるんだ。無理して原子力発電なんかすることないんだよ」

「そうよね。経済が崩壊するといっても、命には代えられないしね」

「林さんだろ」と修は苦笑した。

「俺が原子力はいらないといったら、電気と電力の差もわからない人間とは話したくないといわれた」

私も、電気と電力の違いといわれても、ぴんとこない。林さんと議論しなくてよかったと思った。

林さんには、後からネットで調べた資料をメールで送っていた。彼が根拠とするチェルノブイリの死亡者数は、原子力推進の立場にある国際放射線防護委員会《ICRP》の論文であること。しかし、別に、欧州放射線リスク委員会《ECRR》の論文があり、そちらでの死亡者数は三十万とか四十万とかいわれている。このふたつの論文について説明したホームページのアドレスをコピーして送ったのだ。

チェルノブイリでの死亡者は原子力発電所で働いていた四十七人のみ、健康被害はなく、せいぜいで子供の甲状腺癌が増加した程度とする国際放射線防護委員会の論文は、広島や長崎の原爆症はなかったとするのと同様のごまかしとしか思えないが、日本政府の対応はこちらを拠《よ》り所としている。そしてこの論文をもとにすると、たとえ原発事故が起きても、人体への影響はたいしたことはない、だから原発恐るるに足らず、ということになる。

また、四月に福島原発から海に流した汚染水は、最大で濃度限度基準の五百倍、それが一万一千五百トンもあったこと。地球の水の総量は十四億立方キロメートルといわれていて、液温セ氏四度で一トンは一立方メートル。すると放出された汚染水は、地球の水の総量の百二十兆分の一程度となる。数字に弱い私の計算だから怪しいとはいえ、確かに希釈するといえるくらいに微々たる量だ。しかし、危険な毒物はほんの僅《わず》かでも致死量に至ったりするのだから、それで安全といいきれるものではない。

電気代についても、ウラン燃料は化石燃料と違って調達費は安いが、使用済み燃料の中間貯蔵、再処理、MOX燃料の作製などに費用がかかり、一キロワット時の単価は、火力発電と変わりないか、状況によっては高くつく。さらに原子力発電所の冷却水は海水の温度上昇をもたらし、海の生態系を変えてしまっていること、稼働する原発からは常に希ガスや微量ながらも放射性物質が垂れ流しになっていて、その環境への悪影響は火力発電や水力発電よりも大きいということを書いた。返事はなく、その後会っても、お互いそのことに触れないようになっていた。

日本人が二人集まると、小さな日本が生まれる。エファテ島に住む僅かな日本人の中にも、立派に日本人社会が発生している。福島第一原発の事故以来、原子力問題が話題に上っても、誰も真正面からぶつかることはしない。原発の是非を巡って意見が対立して、人間関係まで破壊するのが怖いのだ。しかも、この意見対立は、人や動植物も含めた命の安全を第一とするか、経済論理を第一とするかという、人生の立脚点をどこに置くかに根ざしていて、話し合いで簡単に解決できるようなことではない。さらに科学技術に対する信頼度でも違ってくる。あれだけの事故が起きた段階で、科学に対する信頼も何もあったものではないが、用心すれば大丈夫だと、人間の科学力を絶対的に信頼する人たちもいるのだ。そもそも事故の被害程度の認識からして違うのだから、話の共通の土台がないのだ。そんなことを感じていただけに、修の意見に、私の心は弾んだ。

「日本はこれから新しいエネルギーの開発をして、そっちにどんどん変更していけばいいんだ。それこそがこれからの日本が期待されている役目なんだ」

修はかなりの国粋主義者だ。酔っぱらうと、「俺は日本を愛しているぜっ」と叫びだす。震災の復興義援金も真っ先にイベントをやって集めてまわっていた。

私は国を信じない。修とは違って、愛国心という言葉には、虫酸《むしず》が走る。そんなものは、国、もしくは一部の富と権力を手にした者たちが、自分たちの欲と利益のためにおっ始める戦争に、国民を駆り立てるための方便だと思っている。だから国民年金なんか払ってはこなかった。自分の老後は、国に養ってもらおうなんて考えてはいない。

「ほんとにね。原子力発電のおかげで、今や東日本では安全な食べ物を手に入れるのが難しくなったという話でしょ。私なんか日本に帰るのは怖いわよ」

姉からのメールによると、近くの笹原市では地割れが起きたりして大変だったが、実家のほうでは被害はなく、無事だという。原発事故の影響による汚染については、一言も書かれていなかった。関心外であるかのようだった。むしろ姉が嬉々《きき》として伝えてきたのは、父のニュースだった。三年前に癌で母を亡くした父に、つきあう女性ができて、急に白髪を染め、身なりに気をつけだしたという。私はそんな父の近況を、たいした興味もなく受け取った。

母が死んで以来、私は父とは疎遠になっている。大学を出た時から、父との間には争いが絶えなかった。イギリスのカレッジに留学したいといえば、そんなこととして何になる、娘を遊ばせるために外国に遣る金なぞないといった。大学を出て、私はバイトで資金を貯《た》めて、カレッジに語学留学した。父はアンディとのつきあいにも反対した。相手が外国人で、離婚歴まであると知って、烈火の如《ごと》くに怒った。ましてや結婚もせずの同棲などはもっての外だった。二十歳前の子供でもなし、そんなことで親の意向に従う気もない私との間を取り持ってくれたのは母だった。父は渋々と同棲を認めたのだが、後々まで、ろくなことにはならん、と毒づいていた。アンディとの別れ話が進んでいるといえば、それみたことか、といわれるのがおちだろうと、そのことは父には伏せていた。

母が亡くなり、父との交流はまったく途絶えてしまい、たまに遣り取りする姉とのメールで近況を知るだけだ。当然、帰省もしていない。

「そういえば修くん、奥さんと子供連れて、日本にちょっと戻るっていってたけど、大丈夫なの。実家って、仙台のほうじゃなかったっけ」

「うん、俺は二週間ばかり、千里《ちさと》と沙羅《さら》は一ヶ月ほど居る予定だよ」

沙羅は二人の子供で、まだ五歳だ。

「なにもわざわざこの時期に、子供を連れて帰らなくても……。大人より子供が被曝《ひばく》に敏感だっていうし」

修はサーフィンで赤黒く陽焼けした顔を歪《ゆが》めた。

「うちのあたりは大丈夫だろ」

「食べ物に混じっているセシウムとか怖くないの。内部被曝って、外部被曝よりずっとたちが悪いというじゃない」

「人はみんないつか死ぬんだ。食べ物のことをいちいち心配してたら、きりがないさ。

それより俺はラーメンが食べられるのがありがたいんだ。成田に着いたら、まず空港内の中華レストランに行って、ラーメンと餃子とビールを頼む。これがまた美味《うま》いんだよな」

修はサーフィンの波乗りの如くに、さっさと別の話題に移っていった。

「気にするほどのことではありませんよ」

にこにこと笑いながら、ホテルのプールサイドでいったのは詫間《たくま》さんだ。

「うちの宮城の工場で空間放射線量を測ったのですが、安全な基準でした。滞《とどこお》りなく工場は運営されていますよ」

詫間さんは、農耕機具の部品会社の社長だ。五十代後半で、ずんぐりした体つき。ぱっちりした目に分厚い唇。社長というよりは、駅前の商店の親爺《おやじ》さんという印象だ。若い頃、井戸掘りボランティアで訪れて以来、バヌアツが気に入って、休みごとにやってくる。この時は、妻だけでなく、息子一家まで引き連れてきて大人数だった。修の会社で島内一日観光ツアーを申し込み、ガイド役を務めた私も夕食に誘ってくれたのだった。

ホテルのプールサイドにあるレストランの細長いテーブル席に、総勢七人の日本人が座ることになった。まわりはみんな白人観光客たちだ。近くのニュージーランドやオーストラリア、ニューカレドニアなどからやってくる客が多い。ぶくぶくと太った肉体をタンクトップや短パンからはみださせるようにしている。彼らの食欲ときたら実に旺盛で、ビュッフェの料理を皿に大盛りにして、ぱくついている。星空を椰子《やし》の葉影が黒く縁取り、スポットライトで照らしだされたプールの水が輝き、ライブバンドが甘ったるい南の島風の音楽を奏でていた。

「でも、これから日本経済は大丈夫でしょうか」

津波被害への対応のためばかりか、広大な地域への汚染を引き起こした原発事故の補償費用などを考えて、膨大な国家赤字を抱える日本経済の先行きを危ぶんでいた私は訊いた。会社の社長ならば、そんな動向には聡《さと》いだろうと思ってのことだった。

「円高とか不況とか、なんやかやいわれていますが、大丈夫ですよ。底力がありますからね。日本の経済基盤は、けっこうしっかりしているんです」

人の良さそうな顔に笑みをたたえて語る詫間さんを見ていると、福島の原発事故も経済も何も問題はなく、日本という国は悠々と大海を渡っているように思えてくる。

詫間さんの隣にいる妻は、品の良い婦人だ。アマチュアカメラマンで、時々、個展も開いているという。今日の島一周の時もデジカメで盛んに写真を撮っていた。詫間さんの息子は、次男で医師だという。品行方正という文字は彼のためにあるようなきちんとした風情《ふぜい》の人で、食事をする時も背筋をちゃんと伸ばして、ナイフとフォークを使っている。その妻は眉をすっかり剃ってばっちり化粧をした、キャバクラででも働いているような風情だ。時々、突拍子もないことをいうのだが、詫間さんも息子も苦笑しながら応じてやっている。テーブルの端では、詫間さんの孫にあたる十歳前後の子供二人が皿の料理に黙々と挑んでいた。

安泰な日本に住む、安泰な一族。とても大きな地震と津波、未曾有の原発事故に襲われ、世界中から義援金が寄せられている国の人とは思えない。

「だけど海洋汚染が他国にまで及んだら、その賠償金とかで国は大変になるんじゃないでしょうか」

詫間さんはワインを啜《すす》って、微笑《ほほえ》んだ。

「チェルノブイリでヨーロッパに放射能汚染が広がった時、ソ連は各国に賠償金を出しましたか。核実験で海洋汚染が指摘された時、アメリカやフランスは世界各国に賠償金を出しましたか。日本に賠償金をいだしたら、過去の汚染はどうなる、という話になるでしょう。だから、どこの国もいいだしませんよ」

それでは汚染に対しては国際的には不問に付されるというわけか。国際的に許されるなら、国が国民に対して原発監督不行き届きだったという責任も不問に付されることとなる。東京電力の責任も然《しか》りとなる。それでいいとしたら、汚染なぞなかったも同然となる。

その時、バヌアツの民族衣装を着た一団がプールサイドに現れた。かたかたかたと足首につけた木が鳴らされ、どんどんという足許から響くような太鼓の音がそれに合流した。

客たちから歓声と拍手が上がる。一団は激しく踊りながら、プールサイドを巡りはじめた。どんどんどんという原始的なリズムに、白人の中から立ち上がって踊りに加わる人も出てきた。

詫間さんは目を細めて、手拍子を送っている。肩がリズムに合わせて揺れている。

「私もちょっと踊ってこようかな」

誰にともなくいうと、詫間さんは踊りの輪に入っていった。両手を振って、腰を器用に動かしている。よく見ると、阿波踊《あわおど》りだった。

こんな会話を交わしてから、自宅に戻って福島原発関係の情報をネットで調べると、やはりそこに出ているのは、大変な事態であった。

汚染は、東日本一帯に広がっている。空気や土壌だけでなく、湖沼、河川、海洋にも広がっている。そのため、山菜、野菜、肉類、魚類、多岐に亘《わた》る食品から放射性物質が検出されている。日本政府が暫定的に決めた許容範囲内のものしか流通していないはずだが、産地を偽って販売されている食品もある。そもそも政府の暫定的許容量自体が、引き下げられた後においても、かなり高い数値である。そういった食品を体内に取り込めば、内部被曝をしてしまい、人体に恒常的に害を及ぼしていく。

さらに、福島原発は収束したとはほど遠く、また大きな地震でもくれば、すでにかなりの損傷を受けた原子炉を保管している建屋がいつ倒壊するかもわからない。そこに残っている燃料棒が空気に晒《さら》され、さらなる大事故を引き起こすかもしれない。その時にはチェルノブイリの十倍、広島原爆の五千発分の放射性物質が拡散されて、東日本どころか日本全土が汚染されるだろう。

ネットに出てくる日本とは、大洋を悠々と航海する船などではなく、沈没寸前のタイタニック号にしか見えない。

ネット世界で語られる現実と、実際に出会う日本人の語る現実。まるでふたつの別種の現実があるようだ。

これまで私はむしろネットこそ仮想現実を遊ぶ手段だと思っていた。だが、いつの間にか、仮想現実と現実とが入れ替わってしまったのではないかと疑うほどだ。

バヌアツの日本人社会で、東日本大震災での津波の被害については語られても、放射能汚染に言及されることはほとんどないのに比べて、知り合いの白人たちからは、どうなっているのだ、と何度か質問された。

「日本のマスコミは政府のいう言葉を信じているけど、汚染はそんなに簡単な話じゃないみたいなの」

散歩の途中で家の前を通りかかったオーストラリア人の隣人ポールにそういうと、「そりゃ、ぜひうちにお昼でも食べに来て、話してくれよ。スージーも興味を持ってるし」と誘われた。

ポールはオーストラリアで会社を経営していて、バヌアツの別荘に時々やってきては数ヶ月滞在する。まだ五十歳過ぎなのだが、現役は退いて、仕事は息子に任せ、好きな海を眺めて暮らしたいと思ったのだという。なにしろ、二十代から眠る間もないほど働きつづけてきたから、と本人はいう。しかし、余裕のある白人の言葉だから、眠る間もないほど働いた、といっても、日本人の働き方に比べたら、まだ楽なほうではないかと私は思っている。スージーはずっと専業主婦をしてきた女性で、すべてにつけておっとりとして、お人好しという雰囲気が滲《にじ》みでている。

ポールとスージーの夫婦の家は、うちから歩いて十五分くらいのところにある。切り立った崖の上に建てられていて、海を見晴らす広いデッキには二十メートルほどの細長いプールが作られている。プール越しに青い海を眺めながら、外のテーブルでカジキマグロのカレーをご馳走になり、私はネットで得た情報を話した。二人は真剣に耳を傾けてくれ、それぞれため息を洩《も》らしていた。

「いいわね、オーストラリアには原発がないんだから」

私はそういって話に区切りをつけた。

「うん、ない。石炭がいっぱいあるから、石油や天然ガスを含めると九割は火力発電、あとは水力発電とか……。だけどウランの埋蔵量は世界の二十五パーセントにもなるんだよ。それを、アメリカや中国に売っている。日本にもさ。フクシマの汚染の根源となっているウランは、オーストラリアが輸出したものだって。だから、我々はウラン貿易について考え直すべきだと新聞に出てたな」

スージーは眉間に皺《しわ》を寄せて、ちりちりした茶色の髪を揺すり、かぶりを振った。

「だけど、南太平洋に原発がないのは、ありがたいわ。ニュージーランドはオーストラリアよりもっと徹底して反原発だものね」

ニュージーランドは国の政策として断固として原子力発電所の建設を拒否している。水力発電が中心だが、目下、地熱発電に力を入れている。アンディは母国の反原発の姿勢を誇らしげに語っていたものだった。

別の隣人のドイツ人ジェロームは、「フクシマは何百年も汚染されたままだろう。ドイツは早速に脱原発したのに、日本はなぜやらないのか」とあきれたように訊いてきた。

「原子力事業にまつわる利権が絡んでいて、政治家もそちらからお金を貰《もら》ったりしているから、なかなか脱原発は進まないのよ」

「それでもイタリアやドイツはすでに脱原発を決めたというニュースは、日本に伝わらないのか。国民は世界の流れを知らないのか」

「日本では、そのことは大きなニュースにはならないのよ。それよりも原発がなくなったら経済が落ち込むとか、電気代が高くなるとかいうことばっかりいわれてる」

「そりゃあ、経済の専門家は色々いうさ。ドイツが脱原発した時にも、原発を持っているフランスから電力を買うことになるのだから意味はないと、けちょんけちょんにいわれていた。だけど俺たちは今いるところから、何か始めないといけない。そうじゃないか」

ジェロームにしろポールにしろ、彼らが自国の方針を語る時に見せる力強さに、私は圧倒された。それは、政府と、その政府を選択した自分たちを、最終的に肯定しているからだろう。

海外暮らしが長かったため、選挙に行った経験はほとんどない私だけに、日本の国の政府を、その政府を選んだ自分自身を肯定することはできない。しかし、自分たちで選んだ政府という実感がないのは、律義に選挙に足を運んだ人々も同様ではないだろうか。どこでどんな仕組みが働いたかわからないが、どういうわけか選ばされていた、という感覚だ。よく、どんなに情けなくても、私たちが選んだ政治家であり、政府である、という言い方があり、それは正しいのではあるが、その「私たち」とは、今生きている日本人だけではないのだ。たぶん、身分制度が固まってしまった江戸幕府が成立したあたりからだろうが、それ以降の「私たち」が過去何百年も地道に積みあげてきた日本という仕組みが、今の政府なり、政治家を選んできたのだ。この仕組みはあまりに厚く堅牢なので、どんなに正義感と情熱に燃えた政治家がいても、これに立ち向かうことにやがて疲弊し、瓦解してしまう。政治に対して、与党の政治家や経済界の重鎮以外の一般の日本人が抱く感慨は、無力感でしかない。そんな心理から政府に対する信頼や肯定が生じるはずはない。自国の政治に肯定的な外国人と話すたびに、私は彼岸の人々を眺めるような羨望と哀《かな》しみを抱いてしまう。

ネットが伝えてくる日本の情勢は、どんどんと変化していった。事故当初は全国五十四基もある原発をすべて停止し、脱原発の方向を提唱していた政府の姿勢はあっという間に後退して、一年も経つと、禊《みそぎ》は済んだとでもいうように、一基また一基、そそこそ再稼働を始めてしまった。日本各地に放射性物質に汚染された瓦礫《がれき》が運ばれ、焼却されはじめた。政府は安全範囲内の汚染度だという。

瓦礫の山を片付けて被災地を援助するという名目だが、それはただの瓦礫ではない。現在の人類の科学力では無害にすることのできない放射性物質が混ざりこんでいるのだ。どんなに低量でも、放射性物質を全国に拡散させるのが安全なんてことはありえない。ネットでもさんざん書かれていたが、日本は狂ったとしか思えない。

まさか、そこまでおかしいことを国が行うはずはない。そう思う反面、いや、歴史を見ると、国が狂ったようになってしまったことは何度も繰り返されてきたと考え直す。第二次世界大戦でナチ帝国が行ったこと、スターリン政権下でソ連が何百万もの無実の人々を銃殺刑や収容所送りにしていったこと、中国の文化大革命で大勢の知識階級をごっそり農村に送りだし、危険人物とみなした者を片っ端から処刑していったこと。ポルポト政権下のカンボジアでの虐殺、現在の北朝鮮で進行していることなど枚挙に遑《いとま》がない。国とは見事に狂いうるのだ。日本だって、つい七十年前には、勝算のない太平洋戦争に突入した。福島の原発事故に、助け合いとか、痛みを分け合うとかいう美辞麗句を持ちだすことと同様、愛国心という言葉で人々を酔わせ、精神力ですべてはカバーできると、大勢の一般市民を兵士に仕立てて、おんぼろ兵器を持たせ、補給物資も届かない南洋に送りだしたではないか。今では、どうしてあんな馬鹿な戦争を起こしたのかといわれているほど、狂っていた時代もあったのだ。

そういえば、フランスのメディアでは、福島第一原発四号炉は精神力で建っているように見える、などと報じているようだ。まさに、あの戦争の時代の日本を揶揄《やゆ》しての表現だった。他国の記者からもそういわれるほどに、日本という国は、またも狂ってしまったのか。

ネットの情報を追っていく間は危機感が募るのだが、パソコンを閉じれば、のんびりとした南の島の光景が広がっている。世界の終末を示す夢から覚めた気分になって、私はパソコンの電源を切る。

人間の現実把握力は、えてして眼前で起きている事象に限られる。世界のどこかで起きている戦争よりも身に迫る現実は、夫婦喧嘩であったり、職場の上司との衝突、隣近所との騒音の諍《いさか》いだったりする。それではいけない、想像力を働かせよ、といわれ、社会的正義感に燃える報道人たちはせっせと戦禍や災禍に見舞われた国の悲惨な映像や写真を発信するのだが、映画やテレビ番組などの視覚刺激に慣れきってしまった現代人にとっては、それはインパクトの強い「画像」でしかない。皮膚感覚、内部意識まで揺さぶる現実として捉えることのできる人はほとんどいないのではないか。多くの人間は、自分の身に火の粉が降りかかってきて、初めて動転し、動きだすのだ。しかし放射能という火の粉は見えないし、降りかかっても痛くはない。

アメリカの新聞は、福島の原発事故以来、日本の一般市民は俄《にわか》科学者となり、さまざまな市民団体が独自に放射線量を測りだしたと驚いたような論調で書いていた。それは目に見えない火の粉をなんとか可視化しようとする、人々の必死の努力なのだ。ある日本の政治家は、下手に測って大騒ぎするので、国民に線量計を持たせてはいけないといった。藁《わら》にも縋《すが》る思いで生き延びようとする人々を足蹴《あしげ》にするような言い方には、政治家の傲慢さが表れていた。どんなに反原発デモが起きようとも、こういった政治家たちが国の権力を掌握している限り、そして人々が、目に見え、触れれば熱い火の粉のほうに翻弄されている限り、何も変わりはしない。

そして、バヌアツにおいて私の身に降りかかる火の粉とは、アンディとの別れ話のもつれだった。彼の意向もあり、結婚の形式はとらず同棲関係、さらに子供もいなかったのは幸いだったが、問題となったのは、彼と資金を出しあって購入した家のことだった。彼は売却して、お金を折半することを持ちだしていた。非は向こうにあるから、所有権は私にあると突っぱねているが、アンディはまとまった金が欲しいらしく、忘れた頃に電話してきて、家財道具は渡すから、家を売るようにと説得する。そればかりか、月三万円程度と安いとはいえ、庭師のジョージへの給料、車のガソリン代、家の維持費が私の肩に掛かってきた。修の会社から依頼される仕事だけでは、かつかつの生活だ。もしこの島でこの先も暮らしつづけるつもりなら、何かビジネスを始めるとか、抜本的な対策を取らなくてはならないのではないかと考えもする。どうすればいいのか……。

日常を生き延びることに意識は向けられ、日本の情報はどんどんパソコンの画面だけに押しこまれ、私の中で矮小化《わいしょうか》されていった。そこに出てくる暗澹《あんたん》たる情報は、いつしかホラー映画を見ているように娯楽化されていった面もある。なにしろ日本は遠い彼方にあった。

この遠いという感覚は、距離的感覚だけではない。異国に暮らしていると、日本という国はまるで別世界に存在しているように思えてくる。同じ地平線や水平線のどこかにあるのではなくて、まったく別宇宙にある。夢の中の世界であるかのようだ。そして日本に戻って、それまで暮らしていた異国のことを振り返ると、同じように夢の中の世界のように感じる。

日本と異国の間で、現実感が断絶してしまうのだ。日本で話される言葉が日本語だけであり、鎖国時代も含めて、長い間、特殊で緊密な空気を醸成してきたせいかもしれない。日本では、日本人独自の現実が存在しているともいえるだろう。

日本を旅した時、アンディなどはその独特の雰囲気に驚異的なエキゾチズムを感じていた。だから日本人には個人性はない、集団でひとつの概念を形成しているだけだ、個人としての親密なつきあいなどできないと罵《ののし》ることもあれば、この個人性が溶解した生《なま》温《ぬる》い温泉に浸かっているような感覚は素晴らしいと褒めたたえたりもしていた。要するに、わけがわからない、ということだ。

私は、その個人性が押し殺される感覚が厭で日本を逃げだしたのだった。イギリスのカレッジへの留学は楽しかった。しかし、滞在費が続かなくなり、バックパッカーとしてアジアを旅して帰途に就いた。その時、立ち寄ったモルジブが気に入った。日本で旅行会社に五年ほど勤めた後、別の旅行会社のモルジブ支店の派遣員の口を見つけて応募したのは、その時の好印象が強かったせいだった。

モルジブで私の運命は変わった。ダイビング教室で教えていたアンディと知り合ったからだ。やがて同棲するようになった。モルジブでの暮らしも慣れきってしまった頃、オーストラリアで、アジア製家具の輸入貿易業を営んでいるアンディの友達が仕事を手伝わないかと誘ってきた。それで二人でオーストラリアに移り、三年後に、やはり海に携わる仕事がしたいといいだしたアンディと共にこのバヌアツにやってきた。

モルジブでもオーストラリアでも、私は日本人の経営する旅行会社で働き、そこそこの貯金があった。それに私の母のへそくりや、アンディの実家からの資金援助を合わせて、海辺の小さな家を買った。彼は念願のフィッシングボートの手配会社を始め、私は家事をしてくれるだけでもいいし、自分の好きな仕事を見つけて、働くのもいいと鷹揚《おうよう》にいってくれた。日本で働いていた二十代後半の頃は、三十までには結婚したいと焦りまくっていた私だが、アンディと知り合い、三十代も後半になると結婚願望もさらさらなくなってしまっていた。アンディの言葉に、まさに女冥利《おんなみようり》につきるではないかと感激したものだった。

だが、幸せいっぱいで出航したはずの船は、四年目にして沈没。アンディは女を作り家を出ていき、私はバヌアツの海辺の家で座礁している。

事故後の福島、汚染は「永続的で慢性的」

「事故に関わる初期の汚染は、非常に減少しました。しかし、それはまったく無となったことを意味するものではありません。今現在も、そして多年に亘って、我々は永続的かつ慢性的な環境汚染の中に置かれています」とシャンピオン氏は要約する。「永続的被曝の危険度は確かに低いものとはいえ、注意を怠れば、時とともに蓄積されていきうるのです」。彼は、果物、牛乳、茸《きのこ》、野生の鳥獣類、魚といったある種の必需食料品の汚染について引き続き注意しつづける必要性を強調した。

ル・モンド　二〇一二年二月二十八日付

遠い日本からの知らせが入ったのは、毎日、海から吹きつけてくる偏西風の季節の最中だった。

アンディとの話もけりがつき、私はポートビラの借家に住まうようになり、修と二人で資金を出しあって、バヌアツの土産物屋を始めていた。身に降りかかってきた火の粉がやっとおさまったと思えた頃だった。珍しく、姉から国際電話が入ったと思ったら、父が死んだと、涙声で伝えてきた。突然の心臓発作だったらしい。

留守宅の管理は修に任せ、私はとにかく日本に戻ることになった。

Ⅱ　0番線から

成田空港に降りたった朝、私は萱《かや》に覆われた土手が背後に横たわるホームで、流海線《るかい》の電車の来るのを待っていた。一時間に一本しかない赤字路線だけに、人影はまばらだ。過疎化のせいか、老人が多い。色褪《いろあ》せたオレンジ色のプラスティックの椅子に座り、ふと見上げれば、ホームの番号を示す黒い板に、「0」という数字が白く浮きあがっている。

0番線。たぶん、流海線ができた時には、すでに成田線の上下ホームは造られており、2番線の隣に、3番線の場所はなかった。1番線の向こうに、0番線を設けるしかなかったというところだろうが、これを目にするたびに、いつも落ちつかない気分になる。ゼロとは無だ。スーツケースを脇に置き、夏の強烈な陽射しに白く見える線路を眺めていると、存在しないホームで、存在しない路線を走る列車を待っているような感覚に襲われる。

海外から帰省するたびに感じることだった。生まれた土地に戻れば、すべては無となる。異国で積み重ねてきた年月や経験など、無意味だと思える。それはこの国の醸《かも》しだす空気の強さのせいかもしれない。

中国という長い歴史を誇る巨大国の横にへばりつくように浮かぶ小さな列島に住まい、日本語しか通用させず、単一民族であるという幻想を共有する、排他的な人々のもたらす空気は、日本以外の国で過ごした年月も経験も無に等しいと宣言する。うわべでは外国の意向を気にしているように見えても、底の底では、ダイヤモンドの如き強さでもって、異国というものを撥《は》ねつけている。

物思いに耽《ふけ》っていたので、アナウンスを聞きそびれたらしい。気がついた時には、ホームにクリーム色の列車が入ってきていた。

スーツケースを引きずり、急いで列車に乗りこむ。冷房の利いた車内はがらがらだ。自動扉のそばのボックス席の窓側に腰かけた。

駅前の町家の並びはすぐに消えて、列車は大竜川《だいりゅうがわ》を渡りはじめた。この大河の流域は、県内でも有数の米所だ。瑞々しい緑色の稲穂の波が広がっている。

私が高校に入るまで、家は専業農家だったから、子供の頃は、よく両親にくっついて田に出ていった。気持ちいいのか悪いのかわからない、ぬるぬるした泥の感触。水の張られた田の中を泳ぎまわるミズスマシ。タニシ取りもした。緑の苗のそよぐ初夏、黄金色に染まる秋、刈り入れが終わった後の茫漠《ぼうばく》とした晩秋の乾田。私の記憶の中の四季は、田と共にある。

車窓から見える懐かしい光景に、ここもまた放射能に汚染されているのだろうかという想いが頭を過《よぎ》る。

関東平野の片隅に位置するこのあたりは、事故十ヶ月余り過ぎてからネットで発見した地表の放射性セシウム沈着量マップでは、青や青緑色で示される地域に属していた。赤や黄色で色付けされた福島原発近辺の高沈着量地域ではないにしろ、土色系統の他地域より沈着量は高い。

しかし、車窓から眺める田圃《たんぼ》は何事もなかったかのように穏やかだ。緑の水田には夏の朝の陽射しが照りつけ、軽トラックが農道をがたがたと走っている。

何事も起きなかったのだと、目に映るものすべてが力強い輝きでもって主張している。強力に、日本のゼロ地点に引き戻されていく。

大竜川を過ぎたところにある常世原《とこよばら》が、私の生家の最寄り駅だった。木造の駅舎も、寂れた駅前商店街も昔のままだ。かつて私はこの常世原駅の近くにある中学校に通っていた。ヘルメットを被り、駅前の通りを自転車でしょっちゅう走っていた。あの頃と何ひとつ変わっていない。変わったといえば、何もかもが古びて、くすんで見えるところだろうか。新築や改築された家や店が、そのセピア色の風景に新しい色彩を加えてはいるが、全体的な印象は同じ。ここもまた、何事も起きなかったのだ、すべてはこれまで通り、時の経過とともにゆっくりと古びていくだけなのだと執拗に主張している。

風景ばかりではない。ぼんやりとした様子でバスを待つ母子《おやこ》連れ、自転車に前屈みになって、ゆらゆらとペダルを漕《こ》ぐ老人、迎えの車を待つ人々も、日常に倦《う》んだような気《け》怠《だる》い表情をしていて、とうてい危機的な放射能汚染に曝《さら》されているとは思えない。

私は、ロータリーに停《と》まっている『常世原タクシー』に近づいていった。スーツケースをトランクに入れるために出てきた白髪頭の運転手は、「あれっ、彩実ちゃんかぁ」と声を上げた。中学校の同級生、かおりの父親だった。

「ああ、お久しぶりです」

「なんやら外国に住んでると聞いたが、帰ってきたのか」

「ええ、ちょっと。父の葬式で……」

かおりの父親は、空港の洗面所で黒いワンピースに着替えていた私の全身を今更のようにまじまじと見た。

「お父さん、亡くなられたのか」

「はい。数日前に」

「そりゃそりゃ……ご愁傷さまでした」

私は黙って頭を下げただけだった。

父の死に悲しむことのない自分に、我ながら驚いていた。長い年月の軋轢《あつれき》の間に、私の中で父は少しずつ死んでいったのだ。父の現実の死を知らされても、さほど衝撃ではなかったというところだろう。

車に乗って、来迎《らいげい》ホールに行ってくれと頼むと、かおりの父親はエンジンをかけた。タクシーは駅前の通りに滑りでていった。

「だけど、わしと同じくらいの歳だろ。なんで亡くなったのかな」

かおりの父親はしばらくハンドルを操った後に訊いてきた。

「急性心筋梗塞《しんきんこうそく》と聞いています」

白髪頭が何度も浮き沈みした。自分も気をつけなくてはいけないと考えているのだろう。

「この夏は葬式が多いな。あっちこっちで、ぽこぽこ死人が出てるんだから。貴勝寺《きしょうじ》の坊さんも大忙しが祟《たた》って、倒れたらしいよ」

貴勝寺は町でも由緒の古さを誇る寺だ。葬儀はその寺の住職に頼む家が多い。

「倒れた……」

「うん。今、療養中で、バイトのお坊さんが来て代わりを務めているって話。彩実ちゃんのお父さんのお葬式も、そのバイトのお坊さんじゃないかな」

来迎ホールは、町の中心部から少し離れたところにある近代的な建物だ。ちょっと見にはパチンコセンターのようでもある。タクシーを降りて、スーツケースを引きずりながらエントランスロビーに入ると、喪服の人々でいっぱいだった。

葬儀はもう終わったのかと思って、荷物を持ったままきょろきょろしていると、「彩ちゃん、彩ちゃん」と声がして、喪服姿の恭子《きょうこ》叔母が出てきた。死んだ母の妹で、東京に住んでいる。

「よかった、間に合って。これから最後のお別れなのよ。今、葬儀屋さんがその支度をしているところ」

恭子叔母は、相変わらずの人を小突きまわすような早口で告げた。会場のほうを覗《のぞ》くと、確かに黒服を着た男たちがてきぱきと動いている。

「その荷物、控え室に置いておくといいわ。聡美《さとみ》ちゃんがいるから。お坊さんにお布施を渡しに行ったのよ」

すぐ横から「いや、荷物は俺の車に入れといた方がいい。火葬場に行って、そこで待つことになるんだから」という声がした。

父の義弟、順助《じゅんすけ》叔父の長男の広明《ひろあき》だった。歳も近い従兄弟《いとこ》なので、子供の頃はよく一緒に遊んだ。遊ぶといっても、私を苛《いじ》めて泣かせていた。今では子供時代なぞ存在しなかったかのように、小さいながらも工務店の部長になって、分別くさい顔で部下にあれこれ訓戒を垂れているらしい。

「じゃあ、そうさせてもらうわ。広明くんの車、どこなの」

「いいよ、俺が運んでおいてやるから」

広明は私のスーツケースを持つと、てきぱきとホールの外に出ていった。

とにかく姉に挨拶《あいさつ》しておこうかと、恭子叔母に控え室の場所を訊こうとしていると、

「みなさま、会場にお入りください」という葬儀社の社員の声がした。

「ああ、行かなきゃ。ほら、彩ちゃん」

恭子叔母が私を促した。列席者たちもぞろぞろと会場に戻っている。

私は恭子叔母に押しだされるようにして、棺桶《かんおけ》の近くへと進み出た。すでに献花を置いた台のところに立っていた姉の聡美が、泣き腫らした目で咎《とが》めるように私を見た。遅れてきたことを暗に非難しているのだろうが、その底にはさまざまな恨みがこめられているように思えた。母の死の時にもそばにはいなかったこと、一人暮らしとなった父を訪ねるために、一度も帰省しなかったこと……。

「今、空港から着いたところなの」

私は弁解のように姉に囁《ささや》いた。姉は僅かに頷いただけだった。

葬儀社の社員が、一人ずつ花を持って、最後のお別れをしてくださいといっている。

喪主の姉から棺桶に近づいていく。私はその後ろについて、姉の肩越しに中を覗きこん

だ。

花に埋もれた父の顔は、安らかでも苦悶《くもん》に満ちてもなく、ただ無表情だった。葬儀屋が死に化粧でも施したのか、顔色は白い。

その死に顔を見ても、私の中には何の感慨も浮かばなかった。ああ、やっと死んだのか。薄情なようだが、それが素直な感想だった。

ほんとうに、私の中ですでに父は死んでいたのだ。

私は姉に続いて手にした白い菊の花を置いて棺桶から離れた。

席に戻ると、姉はぼたぼたと涙を流していた。最後の別れを告げた親族はまるで感染症が伝染《うつ》ったかのように泣きだしている。その中で私は涙ひとつ出てこないまま、ただ葬式が終わるのを待っていた。

列席者がすべて最後の別れをすますと、棺桶の蓋が閉ざされた。釘を石で打ち、四隅を留める。ビニール袋に入れた、生前使っていた茶碗が割られた。それから葬儀社の社員が、五色の小さな幟《のぼり》や花などを渡しはじめた。姉は白い晒し布を肩にかけて、お盆を手にした。すでに誰が何を持つかは、近親者の間で決められていたらしく、恭子叔母が私に花束を渡してよこした。女たちは白手拭いを被れとも指示された。そして葬儀社の社員にいわれるまま、姉を先頭にして、狭いホールの中で左回りに巡りはじめた。

数年前の母の葬儀で、葬儀社に頼んだ時にはこんな儀式はやらなかった。しかし、自宅で行った祖母の葬儀の時には、出棺前にやはり茶碗を割り、親族一同、幟や花を手にして庭先を三回巡ったものだった。子供心に、妙なことをするものだと思って、印象に残っていた。この葬儀社は、そんな地域の風習を取り入れた儀式を始めたのだろう。

それにしても、まばゆい照明に満ちた四角形の近代的なホールで、昔の葬送儀式さながらに、白手拭いで頭を覆い、花や幟を手にしてぐるぐる回っていることに、私は滑稽感を味わった。

鉄筋コンクリートの近代的なビルを建てても、相変わらず葬列の古風な儀式をその中で真面目な顔で行っている。

これが日本であり、日本人なのだ。


「ひどいわ、あんまりよね、あのお坊さん、お父さんの生まれた日を間違えたのよ。十月十二日を、二十二日だって」

遺体が焼けるのを待つ間、姉は憤懣《ふんまん》やるかたない口調でいった。葬儀にやってきた僧侶が、読経の時に間違えたらしい。

私たちは、棺桶を火葬炉に入れるのに立ち会った後、火葬場からほど近い来迎ホールに一旦戻り、用意された和室で精進落としの料理を囲んでいた。すでに料理と酒を振る舞われて帰ってしまった葬式の参列者も多く、そこにはもう二十人そこそこしか残っていなかった。

「お通夜の時だって、なんだかつっかえつっかえお経を唱えていたから、心配だったけど、お葬式で死んだ人の生年月日を間違えるなんて、とんでもない話よ」

姉は火葬場から戻る車の中でも泣き続けていたことは忘れたかのように憤っている。

「十二も二十二もよく似てるから、聞き間違いじゃないか」

ビールを飲んでいた姉の夫の道治《みちはる》が取りなした。道治は、常世原町でキャベツを栽培している。陽に焼けた顔の木訥《ぼくとつ》とした男だ。姉は家業の手伝いの傍ら、最近では地元の食材を使った弁当屋を始め、道の駅などで販売していると聞いていた。

「絶対、二十二といったわ」

「私にもそう聞こえましたよ。生年月日を間違えられて、お兄さん、無事に天国に行けるかどうかわかりゃしない……」

父の妹の志津江《しづえ》叔母がハンカチを目に押しつけて、嗚咽《おえつ》を洩らした。志津江叔母にとって、キリスト教の天国も仏教の極楽も同じなのだろう。

私は天国も極楽も地獄も信じてはいない。かといって、死後の世界はない、といい切るほどの勇気もない。あの世は存在していて欲しいと、曖昧に期待している程度だ。そんな会話よりも、私は目の前に置かれた松花堂弁当を気にしていた。刺身や揚げ物、煮付けなどが綺麗《きれい》に小さな区切りの中に盛りつけられている。久々の日本食だ。飛行機の中で、平淡な味をした機内食を食べただけで、空腹だったこともあり、食欲をそそられる。

しかし、この食品は大丈夫だろうか。ネットで読んだ食品に対する注意事項を思い出す。茸や魚は危険だと書かれていたっけ……。

この弁当の中にも放射性物質に汚染されたものが混じっているかもしれない。しかし空腹は激しかった。私は、椎茸《しいたけ》と魚の煮付けだけを残して平らげ、ビールを飲み干した。

「あんなお坊さんにお布施を四十万も払うなんて、癪《しゃく》に障るわ。貴勝寺の住職さんに直接文句をいいたいくらいだわ」

姉がまだぶつぶつといっているのが耳に入った。

「お布施、四十万ですんだの」と訊いたのは、恭子叔母だ。

「ええ、戒名代と初七日の分も含めてだけど」

「やっぱりこっちは安いわね。うちのお義父さんが亡くなった時は五十万包んだわよ」

恭子叔母は不満げにいった。夫の武雄《たけお》叔父は、口に拳《こぶし》をあてて、咳を堪《こら》えるように背を丸めているだけだ。都内で看板屋を営む武雄叔父は、いつもは威勢のいい人なのに、具合でも悪いのか、火葬場でもこほこほと空咳をしていた。

母が生前、時々、恭子叔母についていっていた。娘時代に東京に飛びだしていき、さまざまな男を遍歴したらしい。しょっちゅう実家や母の許《もと》を訪れては借金をしていたとこぼしていた。武雄叔父と結婚した時には、連れ子がいた。人のいい武雄叔父が娘として育てたのが、従姉妹《いとこ》の林檎《りんご》だ。林檎はここには来ていない。代わりに、武雄叔父との間に生まれた二人の息子たちがそれぞれ妻子を連れてきていた。この従兄弟たちとは、たまに顔を合わせたことがある程度で、今ではほとんど見知らぬ男たちに見える。妻子に至っては尚更だ。

和室の隅に固まっているその見知らぬ一団を眺めていると、座卓の端に座っている初老の女性に目が留まった。隣には、広明の母がいて、何くれと話しかけている。親戚でも身内でもない。まるっきり、心当たりのない女性だった。

「幹子《みきこ》叔母さんの横にいるのは、誰かしら」

私は姉に訊いた。姉はそちらに目を走らせると、私の耳許に口をつけて囁いた。

「治子《はるこ》さんよ。お父さんがおつきあいしていた人」

えっ、と思って、その女性を窺《うかが》った。緩いパーマをかけた髪に、温和《おとな》しげな顔つき。ツーピースの喪服に、真珠のネックレスをつけているが、肩が小さく、痩せてもいるので、上品というより貧相に見える。髪を栗色に染めた太りじしの幹子叔母の隣にいるので殊更そう見えるのか、どこにいても周囲に埋没してしまいそうな、特徴のない女性だ。

父の恋人というので、どことなく華やかな女性を想像していたのに、肩すかしを食った気分だった。

Ⅲ　アオイロコ

常世原町の低地一帯は、かつては流海と呼ばれる大きな内海だった。その頃は、あちこちに小島が浮かび、海水魚も生息し、塩も生産されていたらしい。

しかし、大竜川によって運ばれてくる土砂の堆積によって次第に淡水化し、さらに近世に入ると、新田開発や河川工事で干拓も進み、流海であったほとんどの地帯は平地と化した。大竜川と南大竜川に挟まれた中洲《なかす》のような形となり、広大な水田地帯に道路が縦横に走るようになっている。

私の生家は、そんな平地となった地域にある。葬式の二日後、私は朝食をすますと、家を出て、父が世話していた水田のほうに歩きだした。

前日、姉と二人で、葬式の香典の計算やお返しの手配などをしていて、父の田をどうするかという話が出た。祖父母も母も死に、人手が足りなくなったために、先祖伝来の田の大半は、すでに他の農家に貸している。それでも、父一人でなんとかなる程度の近場の田はまだ残していた。今年の収穫を見る前に、父は死んでしまったとの姉の嘆きを聞いて、散歩がてら見に行ってみることにした。

二子島の集落を出て、靄《もや》のたなびく夏の田園風景の中に足を踏みだす。広々とした平地の彼方に山並みがうっすらと延びている。見渡す限り緑の稲が尖った葉先を天に伸ばしている。そのあちらこちらに、八島《やしま》と総称される集落が、ぽつり、ぽつりと点在していた。

八島とは、淡島、二子島、三子島、筑田島《つくだじま》、伊岐島、津島、渡島、秋津島《あきつしま》。国生み神話に出てくる大八島にそっくりな名なので、古事記の記述と何らかの関係があるのではないかと主張する郷土史家もいる。豊富な水を生かしての稲作が盛んで、古事記に出てくる豊葦原水穂国《とよあしはらのみずほのくに》を重ね合わせることも難しくない。人や車の姿もほとんどないこんな朝はなおさら、国が生まれたばかりの光景を見ているような気持ちになる。

近代化の波で、道路脇には原色のやたら派手で大きな看板が立ち並び、プラスティックのゴミの山と見紛うばかりの建物が乱立し、電線が空を分断する醜い風景と化してしまったが、それらを取り除けば、日本にはまだまだ美しい自然の風景が残っている。

無思考な人の手が景観を醜悪にさせてしまっているだけだ。だが、それだけでは足りないといわんばかりに、土や水や空気まで放射能で汚染させてしまった。自然の景観ばかりか、その内部から汚してしまったのだ。花鳥風月に心を添わせ、そこに文化を築きあげてきた日本人ではなかったか。しかし、今の多くの日本人の意識にあるのは、経済や流行だけだ。文化とは、漫画やアニメかIT技術だとしか受け取っていないのではないか。

そんなことを苛立《いらだ》たしく考えながら、父の世話していた田の近くまで来た時、農道に白の軽自動車が停まっているのに気がついた。車の脇には女がいて、田を眺めていた。治子だった。青いボーダー柄の半袖シャツに、デニム地の淡いベージュ色のズボンを穿《は》いている。色のあるものを着ているせいか、葬式で見た時より、地味な印象は薄れている。それでも痩せた細い姿は、いかにも心許なげな様子だ。

治子はぼんやりした表情で田を眺めていたが、人の気配に気がついて、こちらに顔を向けた。私が葬式で会った父の娘だと気がついたらしい。躊躇いがちに頭を下げた。

「博介《ひろすけ》さんのご生前には、一緒にこの田圃の世話をしていたものですから」

治子は、前置きもなく、ここに立っていた言い訳めいた言葉を口にした。

「父がお世話になっていたそうで、ありがとうございました」

私は葬式の時に言いそびれていた礼をいった。

「博介さんは、主人と友達だったんです。主人が死んでから、色々と親身になって相談にも乗っていただきました。ほんと、いい人でしたのに……」

この人は、ずっと誰かに寄りかかりながら生きてきたのだろうなと、なんとなく思った。死んだ夫の後に、父に寄りかかり、その父も死んで、途方に暮れているのだろう。

男は寄りかかってくる女に弱い。自分が強いと思えるからだろう。アンディを奪ったあのベトナム系の女のことが頭を過った。だが、寄りかかる女はけっこうしたたかだったりするのだ。あのベトナム系の女も会計士をしていて、収支決算は得意なはずだった。

治子はどうなのだろう。姉の話では、治子は、田の手伝いだけではなく、最近では家に来て、父の身の回りの世話をするようになり、たまには泊まっていくこともあったという。孫もいるような老人同士の仲だけに、姉夫婦も、同居している治子の長男夫婦も見て見ぬふりをしていたらしい。

「父の死に立ち会われたのは、治子さんだと聞きましたけど……」

「びっくりしました。晩ご飯を一緒に食べてて、焼酎《しょうちゅう》を一口飲んだとたん、後ろにばたんと倒れて……」と、小さな眼をぎゅっと閉じて、口を横に引き結び、子供が厭々をするように頭を左右に振った。

「アオイロコになっているなんて、ちっとも気がつきませんでした」

突然出てきた奇妙な名に、私は戸惑った。

「父の死因は急性心筋梗塞でしたけど……」

「今のお医者さんは、そういって片付けてしまいますけどね……でも、あれはアオイロコですよ」

治子は不思議なほど断定的にいった。

「アオイロコって、なんなんですか」

アオソコヒが緑内障だということなら知っているが、アオイロコなぞ聞いたことはない。

「昔から、このあたりにある病気です。消えたはずだったんですが、また流行《はや》っているみたいです。ちょっとずつ死んでいくんです。本人はちっとも気がつかないけれど、体がだんだん死んでいくんです」

治子は、言葉を口の中で転がすようにして、ゆっくりと喋る。考えながら話しているというのではなく、口に含んだものが発酵でもして、言葉になるのを待ってから、声を出すかのようだ。

「壊死《えし》でも起こすんでしょうか」

「違うんです。腐るんじゃなくて、死ぬんです、体の中が。映画であるでしょう、ゾンビとかいったでしょうか、最後にはあれみたいなもんになるんじゃないですか。ちょっとずつ体の中が死んでいって、全部死んだら、ぽかんて、ほんとに死ぬの」

わけがわからない。壊死ではなくて、体の中が少しずつ死んでいくなど、どうやってわかるというのか。

「突然死とは違うんですか」

「どうなんでしょうねぇ……。ただ、年寄りばかりか若い人まで、このところぽこぽこ亡くなるようになったでしょ。それで、アオイロコが戻ってきた、なんて噂《うわさ》が流れているんです」

「父は生前にそのアオイロコのような症状があったのですか」

「アオイロコに罹《かか》っていても、普通の人と同じなんで、何もわからないんです」

要領を得ない話に、歯がゆくなって、私はつい強い口調で問い質《ただ》した。

「だったら、どうして父がアオイロコだったとおっしゃるんですか」

治子は身構えるように細い首を立てた。

まずかったなと思った。こんな問い方をすれば、日本人は糾弾されたかのように緊張する。欧米人相手ならば、そこから議論が成立するが、緊張が土台では喧嘩《けんか》となる。

「いえ、なぜ治子さんが、父はアオイロコだったといわれるのか不思議に思いましたので……」

私は慌てて言い直した。

訊いていることは同じでも、自問の形にすることで、相手は安堵する。問いは、直接相手にぶつけてはいけない。なにしろ、思いやりが尊重される国だ。在日米軍への日本政府からの援助金まで、「思いやり予算」と呼ばれるほどなのだから。だが、思いやり、とは議論による対峙《たいじ》からの逃げでもある。

「ああ、それはですね」と治子は表情を和らげた。

「お通夜の時、博介さんの体が青くぼうっと光っているように見えたからなんです。アオイロコで亡くなった人の遺体は、青く見えるんです。みんな、そんなところから、アオイロコが戻ってきたといっているんですよ」

思いやりあった果てには、最後は、みんな、そうしているから、みんながそういっているから、というところに帰結していくのだ。そして肝心なことは何も追及することなく、世の中は流れていく。

「そしたら、みんな、最近、亡くなった人の遺体が青く見えると感じているんですね」

私はわざと、「みんな」という言葉を強調していった。

「ええ、そうなんですよ。みんな、そんな感じがするといっていますよ」

農道をがたごとと軽トラックが走ってきた。治子は慌てて停めてあった軽自動車に戻ると、「すみません、今、退《ど》けますので」と頭を下げながら運転席に乗りこんだ。そして私にもしきりに頭を下げて、そのまま車で走り去っていった。

「治子さんの眼《め》がおかしかったんじゃないの。私には普通に白く見えたわよ」

台所の椅子に座り、クッキーを口に運びながら、姉は憮然《ぶぜん》としていった。あれは正しい遺体ではなかったと、難癖をつけられたと感じたかのようだった。

姉が訪ねてきたので、朝の治子との会話がひっかかっていた私は、通夜の時の遺体が青く光っていたかと訊いてみたのだ。

「白いったって、死んだ人のことだから、まぁ青白くは見えたかもしれないけど」

姉はクッキーを口の中でもぐもぐさせながら少し考え、訂正した。

昨日、姉と二人で家の掃除をしたとはいえ、台所にはまだ父が暮らしていた気配が漂っている。父のお気に入りの四角い皿や鉢。窓台には、毎朝飲んでいた青汁用の使い古されたミキサーや、姉の子供の誰かからもらったのか、小さな熊のぬいぐるみが置かれている。壁に貼られた農協のカレンダー。冷蔵庫や電子レンジの上には、プラスティックの蓋やら半分空いたキャンデーの袋、新聞のチラシなどが雑然と積まれている。まるでガラクタばかりの中で暮らしていたようだ。しかし、これが日本の一般家庭の台所の光景だ。安っぽい品で溢《あふ》れ返る家は、安普請の建て売り住宅やアパート、ごてごてした看板で外観を覆ったビルに溢れ返る日本という国に通じている。

私は雑然とした台所の風景から目を逸《そ》らし、姉に訊ねた。

「アオイロコという病気は聞いたことはないの」

「聞いた」

姉は短く答えた。

「なんなの、それ」

「うちのお義母さんが話していたわ。なんだか、ずいぶんと昔にあった病気らしいわね。アオイロコがまた流行りだしたと、お年寄りなんかが噂しているのは確かよ。お義母さんも、そんなことをいいだして、道治さんに、くだらないことはいうなって叱られてた。人の体が少しずつ死んでいく病気なんて、科学的じゃないもの。昔の人は、心筋梗塞とかくも膜下出血なんて病気は知らなかったから、元気だった人が突然、死んだりしたら、色々と想像を逞《たくま》しくしたんじゃないの」

「だったら今のお年寄りは、突然死の原因なんかよく知ってるはずでしょ。なぜ、アオイロコなんて昔の病気の話が出てきたのかしら」

姉はわからないという風にかぶりを振った。子供の時から、理屈っぽいところがあったが、自説が行き詰まると、感情的になる。今も「ただの迷信よ。だいたい死んだ人の肌が青白く見えるのは当たり前じゃないの」と吐きだすようにいった。

色とは主観的なものだ。治子にとっては青ざめて見えて、姉には白っぽく見えたという程度のことかもしれない。だとしたら、父の死因がアオイロコだという話の根拠も、ずいぶんと曖昧なことになる。

「最近、突然死が多いといってたでしょ、それ、放射能のせいということはないのかしら」

話を福島の原発事故のほうに向けたとたん、姉は口にしたクッキーが梅干しにでも変わったかのように顔をしかめた。

「そんなはずないでしょ。あれはもう何年も前のことだし」

「被曝の影響は事故から何年もしてから出てくるのよ。それに、このあたりはけっこうセシウムの汚染もいわれたんじゃないの」

「事故のあった年だけよ。ここらでも汚染米が出たけど、次の年からはもう大丈夫になったんだから」

「大丈夫といっても、基準値の一キロあたりセシウム100ベクレル以下ということでしょ。99ベクレルでも安全だってことになるんじゃない。基準値以下だからと安心していいかどうか、わからないんじゃない」

姉は眉をひそめて、考えるように頷きながら新たなクッキーを頬ばっている。真剣に聞いてくれているのかと思ったのだが、私が言葉を切ったとたん、待ってましたといわんばかりに「それで、お父さんの耕していたあの田圃、どうしようか」と話題を変えた。

私はむっとして黙りこんだ。私の不機嫌な顔を、思案顔とでも受けとったのか、姉は説得するように続けた。

「あんた、戻ってきて稲作りでもやってみたらどう。前にいってたじゃない、海外暮らしが厭になったら、家に戻って米作りしてもいいって」

確かに、前はそんなことも考えていた。しかし、原発事故の起きる前のことだ。

「セシウムまみれの土地なんて、欲しかないわ」

姉は眉間に縦皺を刻んで、「彩実」と生前の母そっくりの声を出した。

「あんたみたいな人がいるから、東日本の米や野菜は売れなくなって、農家は苦労しているのよ。ここで一生懸命に米作りしている私たちに失礼じゃないの」

「失礼とかの話じゃないでしょ。放射能汚染はほんとに存在するのよ。今だって福島の原発からはたくさんの放射性物質が洩れているというじゃない。このあたりにも、降ってきているのよ。地下水脈だって汚染されているって話もあるわ。飲み水も危ないのよ」

「国は安全だっていっているでしょ」

「国の発表を信じるなんて、馬鹿よ」

年を経てくると、姉妹だけに言い方に容赦がなくなる。姉の目が細くなり、頬が歪んだ。

「あんたはいいわよ。外国で高みの見物して、言いたいこといってられるんだから。だけど、私たちはここで暮らしているのよ。たいしたことのない放射能のことで、いちいち騒いじゃいられないわ」

外国で高みの見物をしていたとは、当たってもいる。ただ、それとは別の話として、放射能汚染の問題はあるのではないか。

しかし、姉にそういったことを説明するのは面倒だった。私が口をつぐんだので、姉はこれで一件落着と考えたらしい。また何個目かのクッキーに手を出して、袋をぺりっと破った。誰かがお供えに持ってきたものだ。一枚一枚、透明なビニールの小袋に包装されて、行儀良く並んでいる。

見えないのは同じなのに、ばい菌には神経質になっても、放射能には無頓着。ばい菌は殺菌すればいいが、放射性物質は殺せない。半永久的にそこに存在する。想像を絶する脅威は人を盲目にする。

「とにかく、あの田圃に関しては、あんたは受け継ぐ気はないのね。だったら、うちの人と相談して、うちで耕すなり、誰かに貸すなりするけど、いいわね」

姉は冷めた紅茶を飲み干すと念を押した。ちょっと待って、といいたいのをぐっと堪えた。心の寄る辺が消えていくような寂しさを覚えたが、私は黙って頷いただけだった。

姉が、父の家にあった贈答品の食器セットやDVDなど欲しいものを車に積みこんで帰っていくと、私はどっと疲れた気分になった。

戸棚に父の飲み残しのウイスキーを見つけたので、少しグラスに入れて、居間にいった。

昭和初期に建てられた家だが、改装に改装を重ねて、新旧入り交じった形となっている。和室の居間と、システムキッチンを入れた台所の間仕切りには洋風の白い枠のついた引き戸があり、居間の庭側にはガラスのサッシが入り、その先には黒光りする縁側が残されている。

縁側に座ると、山茶花《さざんか》の低い生垣の向こうに、水田の広がりが見えた。子供の時からの見慣れた風景だ。緑の稲が元気にすくすくと育っている。なのに、この米はもう、心から安心だといえるものではないのだ。

苦い想いをウイスキーと共に飲みこんだ。

これまで私は、何が起きても、土地さえあれば生きていけると信じてきた。海外で暮らしていても、喰《く》いつめたら、故郷に戻ればいい。先祖伝来の土地があるのだから、田を耕せばいいと、どこかで安心していた。故郷の土地は、私の最後の砦《とりで》だったのだ。しかし、福島の原発事故は、その最後の砦を見事に吹っ飛ばした。

故郷は、もう心の拠り所ではなくなった。母国と私とを結ぶ細いけれど強い糸が、自分の意思とは無関係に暴力的に断ち切られたのだ。

なんてことをしてくれたのか。なんてことをしてしまったのか。

福島の原発事故の永遠に続くともいえる災禍を考えるたびに、それを引き起こした電力会社、原子力エネルギー普及を推進してきた政府や経済界の仕組み、それらを見逃してきた自分たちに対する怒りが燃えあがる。

しかし、この地に戻ってきて、これまでと変わりない緑の田を眺め、すでに事故も、事故による汚染も終わったものと考えている姉や治子と話していると、私の怒りは曖昧になってくる。

ほんとうは、さほどの被害はないのではないか。基準値以下のセシウムを体内に入れても、ほんの少し癌患者が増える程度ですむ話ではないかと、気持ちは揺らぐ。

この平和な静けさは、真実であるのか、目眩《めくら》ましであるのか。

福島原発事故で洩れたセシウム137は1万5千テラベクレルだったという。政府の発表だからどこまで信用していいかわからないが、それでも、広島原爆のセシウム137の約170発分に相当するらしい。それだけのセシウム137が環境中に放出されて、自然や生物がこれまでと同じ状態でいられるはずはない。

原発事故による放射能汚染の影響は、すでにチェルノブイリ事故の調査によって明らかにされている。無事にすむわけはないのだ。

頭で考えれば、この平和な静けさは目眩ましだろうと思うのに、目で見て、空気を嗅《か》ぐ実感は真実だと伝えてくる。私自身、頭よりも実感に引きずられてしまう。

以前、アンディは、日本人は思考しない、と言い放った。私は逆切れしてしまい、そんなことはない、私たちだって考える、と抗弁したが、論理的思考に弱いのは確かだ。

私たちが「思考」と呼ぶものは、たいてい感情的想念とでもいうものだ。汚染によって今なお故郷に戻ることのできない福島の人々に対して同情する。可哀想《かわいそう》だから、助けてあげなくちゃ、福島の農作物を買ってあげなくちゃ、という、感情を筋とした流れを思考と呼んでいるに過ぎない。

感覚や感情を第一に置く日本人にとって、目で見て、肌で感じる実感が、思考を駆逐し、強烈に主張する。

ここは静かで平和な地だ、何も起こらなかったのだ、と。

Ⅳ　危険ですから離れてください

常世原町役場に自転車を停めると、駐車場のアスファルトに地割れが入っているのに気がついた。灰色に隆起して、黒い亀裂が覗いている。その間に雑草も生えているので、かなり前のものだ。

東日本大震災のせいだろうかと考えながら、役場の庁舎のほうに歩いていくと、玄関脇に足場が組まれ、外壁の補修工事の最中だった。

ふと立ち止まって、外壁にもひびでも入っているのかと見上げていると、「危険ですから離れてください」と声をかけられた。横にヘルメット姿の監視員がいた。

「地震の被害、ここにもあったのですか」と訊くと、監視員は下唇を突きだすようにして頷いた。

「大きな地震だったからねぇ、この庁舎もあちこち壊れてしまったんだよ。だけど、添《そえ》畑《はた》のほうはもっとひどかったよ。道は波打ち、水路は埋まり、倒壊した家もあるしでね」

添畑は、大竜川の川辺の一帯だ。埋め立て地で地盤が緩いので、液状化したのか。しかしネット情報などでは、そんなことは出てきてはいなかった。福島のほうの被害が甚大すぎて、関東の内陸部のこのあたりの情報は霞《かす》んでしまったのだろう。姉すらも、たいしたことはなかったというようなことをメールでもいっていたし、今回会っても、添畑付近の地震被害は何も話してはいなかった。

「添畑のほうなら、さっき自転車で通ってきたけど、道路も水路も、壊れた感じはしませんでしたけど」

「あそこは真っ先に補修されたからね。それでも予算の関係で、けっこう時間がかかったんだ。二年くらい、しょっちゅうあちこち工事をしていたよ」

頭上では夏の太陽がぎらぎら輝いている。監視員は陽に焼けた顔の汗を拭いた。

「それで今は役場の補修中なんですか」

「そういうこと。町内の補修を先にしたんだ。最初に役場を直したとあっちゃ、色々苦情が来るんだろうな。ほれ、モンスターなんとかといって、なんにでも文句つけてくる人が多いだろう。今の時代、文句いった者の勝ちなんだな。わしらの仕事だって、先に危険ですからといっとかないと、なんか落ちてきて怪我されたりしたら、終わりだからね。なぜ最初にいってくれなかったんだって、ねじこまれる。工事してたら注意して歩かなくちゃいけないってことも、自分でわかんない人が多いんだよ」

　地元の人間らしい監視員は、暇を持てあましているのか、苦情屋が聞いたら、逆ねじを喰わされかねないことを不用心に長々と話した。

　私は、そうですねぇ、ご苦労さまです、と適当な言葉を残して、その場から逃げだした。

「いきいきエコタウン」とか「子供とお年寄りに優しい町作り」などといったポスターの貼られたエントランスホールに入ると、僅かに冷たい空気が漂っていた。省エネで冷房を緩くしているのだろう。受付で国民健康保険課の窓口を訊いて、そちらに向かう。

　役場に来たのは、父の健康保険証や年金手帳、印鑑登録証などの返却のためだった。

　これまで私は人が死ねば、葬式を出して、法要をすませば終わりという程度に考えていた。しかし、保険証や年金手帳の返還やら、世帯主の変更届、所得税や相続税の申告など、煩雑な手続きが付随してくることを初めて知った。姉からそれらの必要手続きの一覧表を見せられた時、いかに一人の人間が国の仕組みに組み込まれているかを示された気がして、厭な気分になった。

　多くの人はその状態から、国によって保護されている安心感を得るのだろうが、私には国による呪縛《じゆばく》に思える。その呪縛を国によって守られている安心と受けとるか、税収確保のための網の目だと煩わしく感じるかの違いだろう。国の保護だと受けとる者は、海外で長く暮らす選択はできないだろう。

しかし、日本は税金を取る代償に、国民を保護してくれるのかどうか。福島の事故で土地も家も奪われた人々の状況を考えると、国民から取るものは取って、保護や補償となると無視する国だとしか思えない。

バヌアツでは、日本に対する評判はとてもいい。しょっちゅう何億円もの援助金を気前よく寄付しているせいだ。バヌアツでは所得税なぞない。一般人は貧しいとはいえ、税金に悩まされることはなくて、気楽なものだ。国家の税収はほとんどないから、諸国の援助金で生きている。その援助金も、閣僚に横領され、よく問題となっている。そんな国への潤沢な援助金が、日本人の税金からまかなわれていると思うと、理不尽だと考えずにはいられない。

国民健康保険課の窓口で、国民健康保険資格喪失届に記入して、保険証を返却すると、年金手帳と印鑑登録証の返却は町民課だといわれた。そちらでも、返却にあたり、細々《こまごま》と記載しなくてはならない書類を示された。

うんざりした気分で、近くの待合コーナーのソファに座って、書類に記入する。名義人、申請者の名、返却理由。何度同じことを書かせられるのだろう。しかも、そのたびに印鑑なんぞを捺《お》さないといけない。三文判がこれほど発達した時代に、印鑑による本人証明なぞ無意味ではないか。ぶすっとした顔つきでボールペンを走らせていると、三十歳程度のミニスカートの女性がつかつかとやってきて、同じソファの端に座った。

顔半分を覆う大きなマスクをしているので、私の目を惹《ひ》いた。前髪を分けて大きな額を出し、長い髪を後ろでまとめている。マスクからはきれいに手入れした眉と、ぱっちりした目が覗いていた。居心地のいい位置を探すように、二、三度、腰を浮かせては座り直してから、やっと尻を落ち着かせると、バッグから小さな携帯のような白いものを出した。表示窓の下のボタンを押して、画面をじっと見つめている。

マスクといい、その器具の形状といい、ぴんときた。

「線量計ですか」

私は小声で訊いた。実際に見たことはなかったのだが、きっとそうだろうと思った。見知らぬ人に話しかけるなぞ、日本に住んでいた頃の私ならば、道に迷ったとか、よほど困ってないとしなかっただろう。それも相手の中に踏みこむような質問は避けていた。しかし、海外に長く暮らしていると、他者との壁は、日本より薄くなる。見知らぬ者同士でも気軽に私的なことまで立ち話してしまう習慣にいつか私も慣れてしまっていた。

しかし、そんなことを突然訊ねられたせいで、彼女の目許が険しくなった。放射線を測ってどこが悪いの。今にもそんな言葉が返ってきそうだった。私はにこりと笑いかけた。

「ここの線量はどれくらいなんですか」

少し驚いたように瞬き、線量計に目を落とす。

「0・27マイクロシーベルトです」

「それって、高いのかしら」

彼女はしばし私を見つめ、それから話してもいいと自分に許可を下したかのように、マスクの下から言葉を発した。

「町内の他の場所と比べたら、低いほうです。公園や道路脇の植え込みなんかには、0・5くらいの数値の場所がありますから」

「あちこちで測っているの」

「もう癖ですね」

自嘲的な響きだった。そして、私に「この町の方ですか」と訊いてきた。

「生まれはこっちだけど、ちょっと帰省しているだけ」

「西のほうにお住まいなら、早く帰られたほうがいいですよ。この町には、けっこうホットスポットもあるんです。町が一度、除染したけど、三ヶ月もしたら、数値はまた上がっている。元の木阿弥《もくあみ》です。健康被害もすでに出ていますし……」

「どんな被害なんですか」

「下痢、脱毛、皮下出血、嘔吐《おうと》、鼻血、喉の痛み、歯肉からの出血、健忘症、免疫機能の低下、老化」

打てば響くように症状が羅列された。

「低線量被曝症状です。私も、ほら」

彼女はそういって手を広げてみせた。指の爪がすべて内側にへこみ、ひび割れていた。

「十歳になる娘はしょっちゅう鼻血を出しています。事故が起きるまでは、そんなこと一度もなかったのに。夫も頭が痛いとか、首が痛いとか、よく眠れないとかこぼしています。被曝のせいだといっても、福島から二百キロ近く離れたこの町で、そんなことが起きるはずはないと、信じてくれません」

役場の近くの喫茶店で、饗庭加菜《あえばかな》は抑揚のない声で話した。

なにしろこの町で初めて会った、放射能汚染を口にする人物だ。待合コーナーで話すうちに興味を抱いて、役場の用件が済んだらお茶でも飲まないかと誘ったのだ。加菜の用件は、町のイベントのパンフレットをもらうだけだというので、私が父の年金手帳と印鑑登録証の返却をすますと連れ立ってこの喫茶店にやってきたのだった。

私の記憶にはない新しい店で、一見洒落《しゃれ》た感じだ。昼前の時間のせいか、客は他に会社員のような男性客と、前屈みになってぼそぼそと話している若い男女がいるだけだ。

加菜は「癖になってしまった」という通り、片隅の席につくや、まずそっと線量を測り、0・17という数値に安心したようにパイナップルジュースを注文した。

「さっき、ホットスポットもあちこちあるといっていましたね」

「ええ。私たちで測ったんです。この春までは、娘の通う学校のお母さんたち四人と一緒に活動していたんです。今では自然消滅してしまいましたけど」

「どうしてなんですか」

「まぁ、色々な理由です。二人は西のほうに引っ越していきましたし、一人は体調を崩して入院してしまい、もう一人は脱《ぬ》けました。線量も下がったし、いつまでもぴりぴりしてもいられないから、ですって。疲れだと思います。理解されない中で、被曝のことをいい続けるの、大変ですから」

加菜は淡々と話した。疲れているのは、彼女自身もなのだろうと思った。

「わかるわ。私もこの町に戻ってきて、みんな、何も気にしていないみたいなことにびっくりしたの。こんな中で被曝のことを問題にし続けるのは大変でしょうね」

「頭がおかしい人、ですよ、もう」

加菜は自嘲気味に笑った。

ちょうど加菜のジュースと、私のアイスコーヒーが運ばれてきた。加菜はジュースをストローで吸うために、マスクを外した。色白の細面で、口は大きくて白い歯が覗いている。理知的な目許と肉感的な口許のちぐはぐさが、ある種の魅力を醸しだしていた。

「私にしてみたら、こんな汚染度の高いところに住んでいて、平気でいられるほうがおかしい人なんですけどね」

ジュースを一口飲むと、加菜は先の話を続けた。

「なにしろ目と鼻の先には大竜川があるんですから。山や上流のダムには、どれだけの量のセシウムが蓄積されているか、わかったものじゃありません。それが大雨や大雪のたびにどっと大竜川に流れこむんです。汚染されてないわけないじゃないですか。ここのセシウム１３７の地表沈着量は一平方メートルあたり4万ベクレルもあるんです。放射線管理区域にあたるほどですよ。セシウム１３７の半減期は三十年。半減期が来ても、それで終わるものじゃない。半分の量の放射性物質は残っているんです。次の半減期の六十年後が来ても、まだ四分の一は残る。九十年後で、やっと八分の一です。それにあの事故では、半減期二万四千年のプルトニウム２３９や半減期七億年のウラン２３５も検出されています。他にも、半減期二十九年で、微量でも体内に取りこまれたら骨に付着して障害を引き起こすストロンチウム90も含まれています。そんなものが大気や水を通して海や地中にばら撒かれ、食物連鎖の中で生体濃縮を起こし、内部被曝を起こさせるんです」

何度も繰り返し話してきたのだろう、加菜の言葉に淀みはなかった。そしてまた何度も無関心や拒絶の壁にぶつかってきたのだろう、その声には、相手を説得しようとする強さもなく、淡々としていて、真剣だ。まるで人類の破滅を宣告する予言者のようだ。

「放射能の影響は、子供には大きいようですしね」

私にも少しばかりの知識はあるところを見せようと、相槌《あいづち》を打った。

「放射線の影響です」と即座に加菜は私の言葉遣いの間違いを正した。

「子供は大人の十倍も感受性が高いといわれています。1ベクレルとは、放射性物質が一秒間に一回崩壊するという意味です。体内で放たれた放射線は、周囲の細胞にぶつかり、DNAを損傷させます。DNAはその後修復されますが、放射性物質が数多く存在すれば、修復されないDNAが出てくる。それが免疫力を低下させ、さまざまな体の支障を引き起こし、癌や白血病の引き金を引き、傷ついたDNAは奇形の発現頻度を高めるんです」

ネットで目にした情報ではあるが、恐ろしいものだ、という印象だけで、詳細は私の頭に入っていない。しかし加菜はそれを暗記しているようだった。実際に子供がいるかいないかで、切実さが違うのだろう。

「内部被曝には閾値《いきち》はありません。どんな僅かな量でも、安全とはいえないんです。なのに、娘の通う小学校は、事故後一年で給食の食材を地元産のものに戻しました。アレルギーだからということにして、お弁当を持たせているのだけど、それだけじゃ安心できません。食物からよりも呼吸から体内に取りこまれる放射性物質のほうがずっと多いんです。避難したほうがいいとわかっているのだけど、夫は耳を貸してはくれません」

「お生まれはどちらなの。里帰りとか理由をつければいいんじゃないかしら」

「生まれは笹原市なんです。ここからたいして離れていないところで、実家に戻っても、たいした違いはありません。関東から離れなくちゃいけないのに……私、もうどうしたらいいか……」

加菜はしきりに目を瞬かせた。涙が滲んでいるようだ。見ず知らずの私の前で、日頃は堅く防御している鎧《よろい》も綻《ほころ》んだのだろう。外部に対する防御壁を薄くしたとたんに、中にあるさまざまなものが溢れてきたらしく、テーブルの上の紙ナプキンで涙を拭うと、加菜は泣き顔を隠すように、ストローでジュースを飲んだ。

「この前、小学校で心臓検診があったんです。再検査をするようにいわれた児童は前年の三倍に増えていたといいます。幸い娘は平常でしたが、セシウムは心臓に蓄積するんです。子供の心臓には三十億の心筋細胞があるそうですが、僅か50ベクレルのセシウムを取りこんでしまっただけで、その一パーセントの細胞が死滅するそうです。心筋細胞は、他の細胞と違って、細胞組織の修復機能が働かない。だから、その僅か一パーセントの細胞壊死によって心筋組織全体の四分の一が失われ、不整脈を引き起こすんです。不整脈が続くと、突然死に至ったりします」

「セシウムがそんな影響を及ぼすとは知らなかったわ……。私の父も最近、急性心筋梗塞で死んだのよ。それまではぴんぴんしていたというのに」

加菜は大きく頷いた。

「被曝のせいでしょうね」

心に抱いていた懸念を言葉にしていわれて、ほっとした気分になった。

「私もそうじゃないかと思うの。この町でも突然死が増えているんですってね。お年寄りは、アオイロコという病気のせいだと噂しているらしいけど」

「アオイロコですか。うちの義母もいってますよ」

加菜は軽べつするように目許を細めた。

「迷信ですよ。死んだ人の肌が青い鱗《うろこ》に変わるなんて」

「青い鱗ですって」

「はい。アオイロコとは、青い鱗という意味だと聞きました。このあたりの方言で、鱗は訛《なま》っていろこになるんだそうです。セシウムのせいだといっても信じないのに、アオイロコなんて昔の病気のせいだというと信じるんですからね」

加菜は皮肉っぽい笑みを浮かべた。泣いたことで、気分も少し晴れたらしかった。

連絡先を教えあって加菜と別れ、炎天下、自転車を漕いで父の家に戻ると、姉の軽自動車が停まっていた。玄関の鍵の隠し場所を知っているので、勝手に中に上がりこみ、居間の座椅子に背をもたせかけ、何か書類を睨《にら》みつけていた。

「日本にいる間、携帯くらい持ちなさいよ、いくら電話しても出ないから、心配してきたのよ」

私が部屋に入るなり、姉は口を尖らせた。

「今朝は、保険証や年金手帳の返却で役場に行くといってあったでしょ。覚えてないの」

「治子さんがとんでもないことをいいだしたのよ」

私の返答は無視して、姉はいった。頭がかっかしている証拠だ。

私は台所に行くと、冷蔵庫からミネラルウォーターの小さなペットボトルを取りだして、一気に四分の一ほど飲んだ。

「へえ、どんなことなの」

「お父さんが、生前、この家も、耕していた田圃も、治子さんに譲ると遺書を残していたらしいの。治子さんの知り合いとかいう人が、今しがたうちに持ってきたのよ。公正証書遺言とかいうちゃんとしたものらしいの。いったい、お父さん、いつの間にそんなもの書いたのかしら。私には一言もいわないで、なんてことかしら」

遺言と聞いて、私も奇異な感じがした。父は、自分の死後の心配をするような性格ではなかった。

私はミネラルウォーターをグラスに入れて、姉にも持っていった。

「遺言って、それなの」

姉は頷いて、座卓に置いていた書類を私のほうに滑らせた。

「公正証書遺言」という表題の下に、「本公証人は、遺言者伊都部《いとべ》博介の嘱託により、証人渡橋亘《わたはしわたる》、同×××の立ち会いの許に、遺言者の口述を筆記してこの証書を作成する」とあった。続く第一条には、中川治子に、父の住んでいた家と耕していた農地を遺贈すると明記してある。父の預金などの財産と、残りの農地に関しては、私と姉とで二分するようにという指示があり、父や証人、県の法務局所属の公証人の署名が続いている。ちゃんとしたものらしい。

姉が横から私の手許を覗きこんで、日付のところを指で示した。

「ほら、去年の十月十四日になってるでしょ。二日前の十月十二日は、お父さんの誕生日よ。よく覚えているわ。ケーキを届けにきたら、治子さんがいて、台所で何かせっせと料理していたの。その晩はお祝いするとかいって。きっと誕生日のお祝いでいい気持ちにさせて、遺産をぶんどるつもりだったのよ」

「そんな強欲な人のようには見えなかったけど……」

柔和な顔をして田を眺めて父を偲《しの》んでいた治子を思い出して、私はいった。

「人は見かけによらないっていうじゃないの。お父さんの手伝いであの田の世話をしているうちに、欲しくなったのかもしれないわ。あそこはこの家にも近くて、場所的にも便利な田圃よ。取られたりしたら痛手よ」

「だって、家も治子さんのものになるんだったら、ここに近くても私たちには意味のないことでしょ」

それに、姉さんはもう他の家に嫁いで、離れに新築した家に住んでいるではないか、という言葉が喉元まで出かかった。農地だって家族では手が回らないほどある。

「意味がないなんてことないわよ。私たちの実家や田圃が、赤の他人のものになるなんて、私は厭だわ。あんたは平気なの、彩実」

「まぁ、ここに戻ってきた時の居場所がなくなるのは困るけど……」

我ながら歯切れの悪い返事となった。

私は実家という言葉が嫌いだ。生まれ育った家こそ、ほんとうの家で、その後にどれだけ独立して家を作っても、永遠に仮の家でしかないという意味に受け取れる。それこそ地縁や血縁で、がんじがらめに縛っていく日本の仕組みのひとつだと反発してきた。だからこそ、つい二日前にも、セシウムまみれの土地なぞいらないと啖呵《たんか》を切ったのだ。

しかし、では、未練なぞまったくないかといえば、そうでもない。心の奥底を探れば、自分の生まれ育った家や、先祖伝来の農地が他者の手に渡るのは厭だ、という声が聞こえてくる。その土地に住んだり、耕したりする気はなくなっても、せめて自分のものとして手許に置いておきたい願いは頑としてそこにある。それこそ、故郷の持つ力なのだろう。

「ほら、あんただって、治子さんが受け継ぐのは厭なんじゃない」

姉は鬼の首を取ったようにいった。

「厭だとしても、どうしようもないんじゃないの。文句のつけようのない遺書みたいだし……」

「治子さんにあきらめてもらうしかないわね。幹子叔母さんは、治子さんと親しいみたいだから、説得するように頼んでみたらいいわ」

姉は、すでにその役目をこちらに押しつける算段のようで、私に頷いてみせた。

V　体に気をつけて

青空にすっくとひまわりが咲いていた。小さな木ほどもある高さで群生している。花びらの咲き方が歪《いびつ》な花がある。茶色の花心のところからも、黄色い花びらが不規則に出ている。まるでひまわりが何枚もの黄色い舌を出して、あかんべえ、しているようだ。そんな花は一本だけではなく、何本もあった。

私は自転車を停めて、ひまわりを見上げた。昼間にお化けでも見ているような不気味さを覚えた。

ロンドンのカレッジに通っていた時、イタリア人の友達がいっていた。チェルノブイリの影響はイタリアまで及び、庭に植えていたバジリコの葉が子供の掌《てのひら》ほどに大きくなったと。放射性物質が遺伝子を破壊して、異常を生じさせるのだ。このひまわりも、イタリアのバジリコと同様、巨大化したのだろうか。

イタリアは福島原発事故の直後、原子力発電再開の是非を問う国民投票を行った。反対票は九十五パーセントに及び、停止されていた原発を復活させようとする現行政府の意図は、見事に砕かれた。国民の拒絶反応の強さの裏には、チェルノブイリ事故による影響も大きかったのだろう。

日本は、事故の当事国にもかかわらず、脱原発どころか、再稼働へとさっさと揺り戻しを始めた。そして多くの人は、原発事故のあったことすら忘れようとしている。

中学の物理で『慣性の法則』を学んだ時、強烈な印象を受けた。静止または運動をする物体は、他からの力が働かない限り、その状態を持続するというものだ。なぜか、私はこの法則が気に入り、やたらと吹聴《ふいちょう》したものだった。

大人になって、それが日本社会の原理そのものであることに気がついた。中学生の私は、どこかでそれを感じとっていたのだろう。

日本社会は『慣性の法則』によって成り立っている。現状維持の鉄則だ。原発事故という災禍が起き、広大な範囲で国土が汚染されても、それをなかったこととしてしまうほどに強い力だ。

「よく咲いているでしょ。すごく大きくなってひまわりの木だ、なんて孫たちはいっているのよ」という声に振り返ると、門のところから幹子叔母が出てきたところだった。太った体にピンクの格子柄のエプロンをつけて、にこにこと笑っている。これから訪ねていくと、秋津島に住む叔母に電話しておいたので、様子を見に外まで出てきたのだろう。

「今年は何もかもよく実ってねぇ。小松菜なんかもよく育って、お父さんも豊作だって喜んでいるのよ」

あまりに屈託なく話す叔母の顔に、放射能の影響ではないかというのは憚《はばか》られた。

この国の『慣性の法則』を支えているのは、叔母のような普通の人たちだ。その人たちの事なかれ主義的意識が、法則を機能させる。そして一度『慣性の法則』が生じてしまうと、その流れに抗《あらが》うことは難しい。

人の意見が誰かとまったく同じであるなどというのは幻想だ。必ずどこかにずれる箇所が生じる。みんな、それを無視して法則の流れに自分を押しこめているだけだ。自分の実像と、集合体の幻像との差に気がついても、流れに逆らって、変わり者とか、頭のおかしい人だといわれるのが怖くて、黙っている。そして、沈黙によって『慣性の法則』を補強してしまうのだ。

「だけど、このひまわり、花びらがおかしなところについているでしょ」

私は頭上の花を指さして、何も異常は起きていないという『慣性の法則』に対するささやかな抵抗を試してみた。ほんとにささやかで、自己弁護の方便に過ぎない程度ではあるが……。

「あら、ほんとだ。わぁ、珍しい、ちっとも気がつかなかった。珍種ね……あなた、あなた」

叔母は家の門の中に入ると、すぐ横手にあるトタン屋根の車庫のほうに声を張りあげた。軽トラックを停めた横手の空いた場所に、白いタオルで鉢巻きをした叔父が座りこみ、草刈り機の手入れをしていた。

「珍しいひまわりが咲いてるわよ。写真にでも撮っといたらどう」

叔母は声を張りあげたが、叔父は相変わらず一心にエンジン部分の汚れを布で拭いている。叔母は大仰に肩を動かして、ため息をついた。

「すっかり耳が遠くなっちゃってね。去年まではそんなことなかったのに。歳は取りたくないわね。とにかく、彩ちゃん、中に入って入って。梅雨が上がったのはありがたいけど、この暑さには参るわ」

叔母は先に立って母屋のほうに歩きだした。すでにひまわりの異常の件は置き去りにされてしまっていた。

自転車を押して庭に入っていくと、正面に、寺の伽藍《がらん》のような屋根のある二階家が建っていた。子供の時、よく訪ねてきていた叔母の家は、素朴な平屋の民家だった。従兄弟の広明が結婚して、この豪勢な屋根の家を新築した。やけに肩肘張って威張っているようで、私は好きではない。

大きな式台のある玄関に入ると、ケーキの焼ける香ばしい匂いが漂っていた。子供たちの話す声も聞こえてくる。

「翼《つばさ》、琉生《るい》、彩ちゃんがいらしたわよ」

叔母の声に、中学生と小学生の子供たちが廊下に現れた。にきびのできはじめた少年の口の周りには、菓子の粉らしきものがくっついている。少女はスナック菓子の箱を持っていた。

遅ればせながら、今、学校は夏休みであることに気がついた。そして菓子折のひとつも買ってこなかったことも。誰かの家を訪ねることに付随する、その日本風儀礼をすっかり忘れていた。

「いらっしゃい」

子供たちの背後から、ジーンズにTシャツ姿の広明の妻、千香絵《ちかえ》が現れた。胴も腰も細いうえに、ショートカットにしているので、マッチ棒みたいな印象だ。

「美味《おい》しそうな匂いね、またケーキ焼いているの」

七歳年下だけに、私は千香絵に気軽な口調で声をかけた。

「はい、紅茶ケーキです。もうすぐ焼けます」

千香絵はにこにことして答える。会社の新入社員として入ってきたとたん、広明の目に留まったというだけあって、はきはきして好印象を与える女性だ。ただ、あまりに

「いい子ちゃん」なので、どこかに嘘《うそ》があるのではないかと勘ぐってしまう。

「でもこの暑い日に、よくオーブンなんて使えるわね……」といいながらサンダルを脱ごうとして、千香絵が右の手首にサポーターをしていることに気がついた。

「どうしたの」

「このところ痛むんです。関節炎かなと思うんですが」

「だから、病院に行ったらと勧めているのに、この人、なんやかや理由をつけて、まだ行ってないのよ」

幹子が叱るような口調でいいながら、客座敷のある玄関の横手の襖《ふすま》を開けた。

「千香絵さん、悪いけど、冷たい麦茶、持ってきてね」

「麦茶でいいんですか。もう少しでケーキが焼きあがるんで、アイスティーでもと思ったんだけど」

「その前に麦茶が飲みたいの。彩ちゃんも自転車できたから喉が渇いているだろうしね」

「わかりました」

千香絵は台所に引っこんだ。二人の子供がまとわりつくようについていった。

家に君臨する小暴君のような幹子叔母に従って、仏壇の置かれた座敷に入る。陽除《ひよ》けの簾《すだれ》の向こうに、強い陽に照らされた前庭が白く見えた。車庫では叔父がまだ草刈り機をいじくっていた。叔母は白いレース模様のビニールクロスのかかった座卓の前に座りながら、「びっくりしたわよ、治子さんが、あの家が欲しいといいだしたなんて」と、いきなり、前もって電話で伝えてあった話の続きに入った。

「お兄さんもお兄さんだわ、結婚していたわけでもない赤の他人に、家や田圃まであげることにしたなんて」

「父は何もいってなかったんですか」

「いってないわよ。いってたら、私が一言いってやっていたのに」

千香絵が麦茶の入った大きなグラスを二個、盆に載せて入ってきた。「どうぞ」といいながら水滴のついたグラスを私の前に置いた時、またも手首のサポーターが目についた。

加菜は低線量被曝症状のひとつとして、関節炎も数えあげていなかっただろうか。ちらりとそんな疑問が湧いた。千香絵は、二人の子供の母として、放射能汚染のことをどう考えているのだろう。食品には気をつけているのだろうか。訝《いぶか》る間に、千香絵はそそくさと座敷から出ていった。

「ところで彩ちゃん、まさか治子さんのいいなりになるつもりじゃないでしょうね」

叔母は麦茶をごくりと飲んで訊いた。

「きちんとした遺言らしいから、どうしようもないんじゃないかしら」

だった。

「あの家は私も育ったのよ。治子さんのものになるなんて厭だわ」

葬式の後の精進落としの席で、仲良さそうに治子と話していた叔母だったので、意外

叔母は激しくかぶりを振った。

「駄目、駄目」


「治子さんとは友達だったんでしょ」

「中学の同級生だけど、そんなに親しかったわけじゃないわ。よく話すようになったのは、治子さんの亡くなった旦那さんの俊二《しゅんじ》さんと、うちの人がマジック・クラブで親しくなってからよ」

「マジック・クラブ……なんなの、それ」

「町の手品同好会よ。時々、講師が来て、手品を習うの。大の大人が十円玉やマッチ棒をひらひらさせて、悦に入ってるんだから、笑っちゃうわ。それでも小学校や老人ホームにまで行って披露して、そこそこ喜ばれているんだって」

「叔父さん、そんな趣味があったの」

すでに草刈り機の調整は終えたらしく、庭のほうから、ぶぃいん、ぶぃいん、という草を刈る音が響いてきていた。そちらに顔を向けると、白いタオルを首にかけた叔父が背中を丸め気味にして、車庫の横の草を刈っていた。

「一時は、けっこうな熱の入れようだったけど、俊二さんが亡くなってから、ちょっと冷めたみたい。今でも時々集まりには出ていってるけど」

「治子さんは、亡くなった旦那さんとお父さんとは友達だったといってたけど……」

「二人を結びつけたのが、うちの人なのよ。お兄さんが自然薯《じねんじょ》掘りに行こうとうちの人を誘ったことがあって、うちの人は俊二さんにも声をかけたの。まだあなたのお母さんの宮子《みやこ》さんが生きてらした頃のことよ。お兄さんと俊二さん、気が合ったのか、それから仲良くなってね。よくお互いの家に招き招かれて、お酒なんか飲んでたの。そのうちに宮子さんが癌で亡くなり、一年くらいして、俊二さんが交通事故で亡くなり……つれあいを亡くした者同士慰めあっているうちに、関係ができちゃったみたい」

関係ができた、という硬いくせに妙に艶《なま》めかしい言葉に、私は少し厭な気分になった。父と治子の結びつきを不道徳であると断罪している響きがあった。

結婚制度に則った結びつきこそ道徳的で、それ以外は不道徳であるという価値観が、叔母にはしっかりとあるようだった。結婚せずに同居していただけの私とアンディのことを知ったら、やはり「関係があった」という表現をするのだろう。

「一人になった者同士、よかったんじゃないの。父が死ぬまで食事や身の回りの面倒も見てもらったのでしょう。治子さんに土地や家が渡っても仕方ないのかも……」

「何いってるの、彩ちゃん」

叔母は叱るようにいって、また麦茶をがぶりと飲んだ。

「治子さんが住む家に困っているというならまだわかるけど、長男一家と同居して、何不自由ない暮らしをしているのよ。うちの家や土地を欲しがる気持ちがわからないわ」

「同居がうまくいっていないのかも」

「うまくいってなくても、あの歳で一人暮らしを望むはずないでしょ。家や土地を売って、お金に換えたいのかもしれないわ」

そんな計算ずくの人には見えなかったがと納得できずにいると、廊下で足音がして、千香絵がケーキとアイスティーを運んできた。白い洋皿に薄茶色のパウンドケーキが慎ましやかに載せられている。

私の注意はそちらに逸らされた。

「あら、美味しそう」

小麦粉も紅茶も輸入品だろう。まずは安心だという計算が働くことに、我ながら哀しくなる。

「ほんとは少し時間を置いて、味を馴染《なじ》ませてから食べたほうがいいんですけど」

千香絵はケーキの皿を座卓に置きながら、はにかむようにいった。

叔母はケーキには目もくれず、空になった麦茶のグラスを盆に押し遣り、待ち構えていたようにアイスティーを一口飲んだ。そして私の視線に気がついて苦笑した。

「このところ喉がいがいがしてね、冷たいものが気持ちいいのよ」

「水分をたくさん摂るのは体にいいんですよ、お義母《かあ》さん。アオイロコにも罹らないですむっていうし」

千香絵の言葉に、私は驚いた。

「千香絵さん、アオイロコ、知っているの」

「はい。実家の祖母がよくいってますから」

「なんていっているの」

座卓の横に正座した千香絵は、どうしてそんなことを訊かれるかわからないという風に、大きな目をぱちぱちと瞬かせた。

「アオイロコには気をつけなくちゃいけない、気がつかないうちに死んでいくんだからといったことですけど……」

「青い鱗に覆われて、魚になってしまうのよね」と、叔母も話に加わってきた。

「魚になるの」と私は大きな声を上げた。

「魚に変身はしないわよ。アオイロコに罹ると、水の暗がりでじっとしている魚みたいにおとなしくなるから、そういわれているんでしょ」

「ええ、体力も気力も抜けるんだそうです」

口々に説明する千香絵と叔母を前にして、私は「変ね」と呟《つぶや》いた。

「みんな、アオイロコのことを知っているみたいなのに、私は最近まで聞いたこともなかった……」

「変でもなんでもないわよ。彩ちゃんくらいの歳で、知ってる人はほとんどいないんじゃないかしら」

叔母は同意を求めるように、千香絵に目を遣った。

「ええ、私も祖母から聞いてなかったら、知らなかったです。私と同い歳の友達なんか、最近になって初めて知った人が多いと思いますよ」

私は千香絵の言葉にすぐ反応した。

「最近、初めて知った人が多いというのは、突然死が増えて、アオイロコが流行っているといわれているせいかしら」

「そうです。それで、うちの祖母なんかもまたアオイロコに気をつけたほうがいいといいだしているんです」

「ほんとにねぇ、このところよく人が亡くなっているものね。お兄さんだけじゃなくて、駅前の電気屋の若旦那さんやら、農協の指導員をしていた管野さん……」

叔母はケーキを小さくして口に投げこみながら死者を数えはじめた。

「翼の中学の体育の先生も、夏休み前にぽっくり亡くなったって聞きました」

「この秋津島でも、この一年で二人は亡くなったわね。一人は坂田の奥さんで癌が急に悪化。もう一人は高安さんちのお爺《じい》さんで橋から車ごと転落してねぇ」

「高安のお爺さん、認知症がひどくなっていたという話ですよ」

「そりゃそうだわ、八十近くになっても、ぶんぶん車を飛ばしていたものね」

誰が聞いているわけでもないのに、叔母と千香絵は声を潜めて話している。

死者の増大は、被曝のせいではないかという言葉が喉元まで出かかった。しかし、その言葉は、まるで爆弾のように私の中で重く感じられて、投げだすのが躊躇われる。二人のひそひそ声は、親密な空気を閉じこめる結界を作りあげ、被曝などという物騒な言葉が入りこむのを阻んでいた。

「昔もそうだったらしいわよ」

叔母が不意に声を大きくした。

「アオイロコが流行り、人が、あっちでぽこり、こっちでぽこりと死んだんですって。道路なんて走ってなくて、水路を舟で行き来していた頃のことでしょ。亡くなった人が、よく川に浮いていたりしたらしいの。川上から流されてきた死体も多かっただろうしね」

「祖母は、弔い舟というものが出て、死んだ人を連れていったといってましたけど」

「ああ、ああ、弔い舟ね。そういえば、昔あったわ。霊柩車《れいきゅうしゃ》なんかなかったからね、弔い舟に死体を載せて、白い布を被せて大竜川の下流の焼き場まで運んでいくのよね。

今の菖蒲園《しょうぶえん》があるあたりよ。あそこには昔、火葬場があったの。木造の小さな建物でね、八島からでも白い煙が見られたものよ」

昭和初期まで、この八島は水路が唯一の交通手段だったという。田圃に行くのも、学校に通うのも、嫁入りも舟だった。今の車の代わりに、木造の小さな舟が使われた。八島に生まれた者なら、誰もが舟を漕ぐことができた。

水路は集落から田圃まで毛細血管のように大竜川のこの中洲に張り巡らされていた。炊事、洗濯、風呂ばかりか、飲み水まで水路から引いてきた水だった。それを瓶に溜めて濾過《ろか》して飲んだという。八島の人々は、川の水とは切っても切れない暮らしを送っていたのだ。青鱗という、魚を連想させる風土病が伝わってきても不思議ではない。

「アオイロコが流行ったのは、川上から吹いてくる風が悪かったせいだったと、祖母はいってました。風に乗って、毒のある虫だか何だかが飛んできたんだって」

「あら、違うわよ、千香絵さん。風じゃなくて、水のせいなんだって。時々、川に悪いばい菌が大量に発生して飲み水に混じるんで、人がばたばた死んだんだって」

叔母はそういってから、千香絵が気味の悪そうな顔をしているのに気がついたようだ。

「今は水道だから大丈夫ですよ」と、嫁の手を軽く叩いた。

「水道になって、原因が取り除かれたのだったら、どうして、今、アオイロコが流行っているといわれているのかしら」

私は口を挟んだ。

叔母はきょとんとした顔になった。

「福島の原発事故のせいじゃないかしら」と、思いきって口にした。

「あれはもうけっこう前のことでしょ」

叔母は戸惑ったようにいった。千香絵はそんな姑《しゅうとめ》の顔をちらと見て、何かいいたげに口許を動かした。千香絵は原発事故の影響に多少不安を感じているのかもしれないと思っていると、「アオイロコはアオイロコ。福島とは関係ないですよ」と、叔母がきっぱりとした調子でいった。

「水が悪かったというのが間違いで、千香絵さんのお祖母《ばあ》さんがいっているように風に乗って飛んでくるもののせいかもしれない。どっちにしろ、アオイロコの流行る原因なんて、よくわかっていないんだから」

千香絵は真面目な顔で頷いた。被曝を恐れているとしても、お行儀のいい嫁を演じる千香絵の外見から、その心の底は汲《く》みとりようもなかった。

「治子さんは、お父さんもアオイロコで死んだと考えているみたいだけど」と私は話を変えた。

「お兄さんは心筋梗塞だったでしょ」

叔母は眉をひそめた。

「お通夜の時、父の肌が青く見えたと、治子さん、いってたわ」

「そんなことないわよねぇ、千香絵さん」

叔母はある種の威圧感を滲ませていった。千香絵が「ええ、普通に見えましたけど……」と賛同するや、「お兄さんの場合は、ただの心筋梗塞よ」と叔母は断定的にいった。

アオイロコが巷《ちまた》で流行っている話は気軽にできても、身内がそれに罹って死んだとは認めたくないらしい。

台所にいる子供たちの様子が気になるというように、千香絵がこそっと腰を上げて、座敷から出ていった。叔母は皿に残っていた紅茶ケーキを指でつまんで食べると、アイスティーで流しこんだ。

「治子さん、筑田島の人だからね、なんでもアオイロコに結びつけてしまうんでしょ」

「なぜ、筑田島の人だと、なんでもアオイロコに結びつける話になるの」

「あそこはアオイロコが集まる島だといわれていたのよ。ほら、八島の中では一番南の下流にあたるから」

「穢《けが》れは下流に流されていく、みたいな心理かしら」

「まあねぇ。そういえば、私の子供の時分は、雛流《ひななが》しってのがあったわ。三月三日に、藁の舟に折り紙で作った雛人形を載せて大竜川に流すの。それで災いが海まで流れていくといわれていたっけ。アオイロコも、そうして川の流れに乗って海まで流れていくものだと信じられているのかもね」

「水で清めるってことね」

そう呟いてから、福島の原発事故で東電と政府が決行した、放射能汚染水の海洋投棄の背後には、日本人特有の「穢れは水に流せば清められる」という意識があったのではないかと、ふと思った。近隣諸国の政府に一言の事前説明もなかったとか、海洋汚染を助長させてとんでもないとかと非難されたが、もしかして当事者たちの深層意識には、いざとなれば水に流せばなんとかなる、という見方が最初からあったのではないか。でないと、毎日、原子炉にかけている何百トンもの冷却水が、汚染水として溜まりに溜まり、何とかしなくてはならなくなるのはわかりきっていたのに、何も手を打たずに、敷地内に溜め続けていただけという無策ぶりの理由がわからない。

「それにしても、治子さん、何考えているのかしら」

いつの間にか座卓に頬杖《ほおづえ》を突いていた叔母は、不満げに大きく息を吐いた。

「アオイロコが流行っているといわれているんだから、お父さんもそれで死んだと考えても、おかしくはないでしょ」

「その話じゃないの。遺産の話。いくら遺書があるといっても、あんたや聡美ちゃんのことを考えたら、普通、欲しいなんていいだせやしないでしょ」

「お父さんがいいだしたのかもしれないわ」

叔母は口許を捩《ねじ》れるほどに歪めた。

「まさか二人の娘のことを忘れるなんて……」

父は私とは疎遠になっていた。姉は嫁いで安泰だと考えていた。娘たちのことは措《お》いておいて、治子の老後を案じたとしても不思議ではない。とはいえ、治子は身内と同居している。なぜ家や田圃なのか。叔母のいう通り、売却して現金にしてもいいと考えたのか……。

「いいわ、治子さんには、私から真意を問い質してみる」

叔母は頬杖を突いていた手を倒して、座卓をぱたんと平手で叩いた。

それを機に、私は腰を上げた。もう少しゆっくりしていけばいいという叔母に、他に用があると言い訳して、玄関に向かう。

叔母から治子を説得してもらうという、姉に頼まれていた件は果たしたわけだし、これ以上長居をすると、くだらない世間話で午後中、時間をつぶされることになりかねない。

「彩ちゃんが帰るんだって」

玄関のところで叔母が叫ぶと、千香絵が台所から小走りで出てきた。ケーキの礼をいい、また来てください、というお愛想を受け、型通りの別れの儀礼をすませて、外に出る。

　庭には叔父の姿はなく、草刈りの音は車庫の裏に移っていた。叔母は自転車を停めたところまで、私についてきた。

「いつまで、こっちにいるの」

　自転車のサドルに跨《また》がった私に、叔母は訊いた。

「まだ決めてないけど……色んなことが落ちつくまでかしら」

「八島に戻ってきたらどう。あんたがあの家に住むようになれば、治子さんだって、取りあげるなんてできやしないから」

　顔が引《ひ》き攣《つ》りそうになった。父の遺書の一件がこんなところに影響を及ぼしてくるとは思いもよらなかった。

「そうもいかないわよ……」

「いつまでも外国暮らしなんて不安じゃないの。いくら同居している人がいても、結婚してないんだし。やっぱり身内のいる故郷が安心じゃないの」

　父にアンディと別れたことをいっていなかったから、叔母もそのことは知らない。アンディと別れて、今は一人だと知ったなら、叔母はどんなに故郷に戻れと力説することだろうか。

「住めば都よ」

私はことさら気軽に応じた。叔母は眉根を寄せて、少し叱るような口調でいった。

「でも、体に気をつけてね。いつまでも若くはないんだから、無理しちゃ駄目よ」

よけいなお世話だと、かちんときた。

「はいはい、お邪魔しました」

ぶっきらぼうに応じて、ペダルを漕いで走りだした。叔母の家の門を過ぎ、巨大ひまわりの群生が遠ざかっても、私の中に噴きだしてきた怒りは収まらなかった。

体に気をつけてね。

叔母の発したこの常套句《じょうとうく》は、私の中に烈しい反発を巻きおこした。それが身内である叔母の言葉だったからだ。いつまでも若くはないんだから、無理しちゃ駄目よ、という言葉が続いたからだ。

心配している口ぶりの裏に、あなたも私たちの許に戻りなさい、外国なんかにいないで、おとなしくしていなさい、肩が凝るとか、頭痛がするとかといった話題を分かちあい、引退した一族の女として余生を送りなさい、といった言葉が隠されている。

叔母は、年寄りの輪の中に、私を引きずりこみたいのだ。異分子を同一分子に変容させ、安心感を得たいのだ。

体に気をつけて。ご自愛ください。無理をしないように。頑張りすぎないように。

うわべはいかにも相手のことを心配しているようではあるが、こんな常套句の裏には、日本という共同体に囲いこもうとする力が働いている。世間に波風立たせることなく、おとなしく足並み揃《そろ》えて進みましょう、という鉄則を有する共同体だ。

体に気をつけて、だって。放射性物質に汚染された土地に住んでいて、よくいうものだ。海で溺《おぼ》れながら、塩分の摂りすぎに注意しましょう、といっているみたいじゃないか。

陽のかんかんと照りつける田圃道を、私は蹴るように力をこめて、自転車のペダルを踏みしめていた。

Ⅵ　この国で個性的であるとは……

「いやー、羨ましいね、南の島でのんびりかぁ。俺も仕事さえなけりゃ、そんなところで暮らしてみたいや」

道紀《みちのり》は言葉の最後に目をぎゅっと閉じてまた開くと、ビールのジョッキを傾けた。小学校の時から変わらない癖だ。しかし色黒の顔の頬はこけ、不健康そうになっていた。

「のんびり、というんでもないわよ。あっちはあっちで色々あって大変なんだから」

アンディと別れて、ポートビラの借家住まいになってから、庭師のジョージも解雇したので、留守番がいなくて空き巣に入られたり、ネズミが台所に入りこんで食料品ばかりか配線まで囓《かじ》り、電気屋を呼んだり。日本のように便利な国ではないだけに、日常に起きる支障は枚挙に遑がない。しかし、それをいちいち説明するのも面倒で、私は冷たいビールを啜った。

「でもさ、生活費とか安いんだろう。日本はもう大変だぜ、ちょっとばかり円安になったと思ったら、ガソリン代も電気代も何もかも値上がりするわ、消費税は増税されるわで、首が回らないや。どこが景気回復だよ、なっ、加藤」

道紀は隣にいる若い女性の肩を叩いた。

「正直いって、生活きついです」

長くてまっすぐな髪を頭の後ろで花飾りのついたピンで留めた女性は生真面目に答えて、道紀に叩かれたあたりを睨みつけた。加藤芳美《よしみ》だと紹介された、道紀の部下だ。

「道紀くん、若い女性に馴れ馴れしく触ったりしたら、セクハラで訴えられるわよ」

道紀は小さな丸い目をぱちくりさせた。

「えっ、俺、触ってないよ」

「さっき私の肩、触りましたよ」

芳美が勢いこんでいった。

「あっ、あれ、触ったんじゃなくて、軽く叩いたんだよ。ただの愛情表現じゃないか」

「表現の行きすぎです」

芳美は顎《あご》を反らせるようにしていった。

私たちは笹原市の繁華街にある居酒屋の中にいた。衝立《ついたて》で仕切られた客席の並ぶ広い店内では、お揃いの薄水色の作務衣《さむえ》を着た男女が忙しげに立ち働いている。店のインテリアも箸置きやメニューも、「個性的な和風」というコンセプトが見え見えで、それがチェーン展開の店舗であることを露呈させている。個性的であることが大量消費される商品の付加価値となり、大きな需要を充たしているのは、この国で個性的であることがいかに難しいかを示している。にもかかわらず、個性的でありたいとの願望の強さは、店に集う若者たちの多さに表れている。

それにしても、この町に、こんなにも若者がいたとは……。

笹原の駅で降りて、繁華街をそぞろ歩きながら、近隣の中心的な市であるのに、若者の姿の少ないことに驚いた私は、絶滅したと思っていた生物を再発見したような気分を味わっていた。

笹原市に出てきたのは、私が帰省していると聞きこんだ道紀が連絡を取ってきたためだ。地元新聞社の笹原支局長におさまっている道紀は、海外に出た同郷人というシリーズ記事に出てくれないかと頼んできたのだった。

おもしろそうだからと引き受け、ついでに久しぶりに笹原市で買い物でもしようと出向いてきた。小さな鉄骨二階建ての支局の一階の応接コーナーで取材されると、道紀に誘われて飲みに出ることになり、この店に案内されたのだった。

金曜日だけあって、客席のほとんどは埋まっていた。二十代、三十代くらいの若者が多い。笹原市にある短大や専門学校の学生、若い会社員やフリーターのような者たち。

安いわりには、そこそこ洒落た気分で飲み食いできるので人気なのだろう。合コンと思しきグループもちらほらいる。

「鯵《あじ》のフライに、蛸《たこ》のてんぷらだろ……」

「鱧《はも》の梅酢ソースもいいですよ」

注文を取りに来た店員の前で、道紀と芳美がメニューを眺めながら選んでいる。

「おい、彩実もなんか頼めよ」

道紀に催促されて、クリアファイルに挟まれた写真入りのメニューを眺める。

ヨーロッパでは、よほどの観光地に行かない限り、写真付きメニューなぞお目にかからない。ましてやパスタを絡めたフォークが宙に浮いているような、グロテスクな合成樹脂の料理見本などない。メニューはあくまでも文字で説明され、言葉から想像力を掻《か》きたててくださいといわんばかりだ。

しかし日本に限らず、アジアでは写真付きメニューはごく一般的だ。百聞は一見に如《し》かず。アジア人は言葉に信を置いていないのかもしれない。

幸い、メニューには産地が示されていた。私は西日本の産地のものを選んだが、果たしてどこまであてになるものか。

本来、食べ物とは未来に通じる命綱であった。明日への活力、希望の源。しかし今では、不安に満ちた命綱だ。綱の繊維は腐っているのかもしれないのだから。

「まっ、こんなところかな。後はまた頼むから」と店員にいうと、道紀はまだ注文の続きであるかのような気軽な調子で私を向いていった。

「ああ、そうだ、彩実、征生《まさお》が死んだの、知ってるか」

「えっ、征生くんが、まさか……」

征生も常世原小学校の同級生だ。道紀同様、中学校まで一緒だった。頭が良くて、口も達者で、しょっちゅうクラス委員に選ばれていた。笹原市にある大きな電気店の息子で、東京の私立大学を出てから家業を手伝っていたはずだ。

「まさか、だろ。今年の春のことでね、俺もびっくりだった。店の喫煙所で煙草を一服していたところでばたんと倒れたんだ」

「奥さんや子供さんもいたんじゃないの……」

残された家族のことを想い、眉間に皺が寄った。父の死にはあれほど冷淡であった私が、ここ二十年ばかりほとんど会わずにいた同級生の死に心を痛めるおかしさに気がついて、憂いは苦笑に変わる。

「うん。葬式に顔出したけど、奥さんより、ご両親がもう茫然《ぼうぜん》自失というか……」

「逆縁というんですよね。子供のほうが親より先に死んでしまうの」

芳美も会話に入ってきた。

「そうそう、逆縁。征生、今度の市議選に出馬する気でいたんだ。後援会もできたところだった。ぽっくり死ぬなんて誰も思わなかっただろ」

「市議会議員になるつもりだったの」

「うん、今年の正月、同窓会で会った時、さんざん意見を聞かされたよ。日本はアジアでもっと存在感を示すべきだ、自衛隊も憲法で国の軍隊として認められたんだから、今度は徴兵制を導入すべきだ、とかね。市議会に行くより、国会に行ったほうがいいんじゃないかっていってやったけど」

「彼、そんなことをいうようになってたの……」

戦争の話題など夢物語でしかなかった日本で、中国や韓国との領土問題、北朝鮮の核実験などが取り沙汰されるようになったのは、ここ数年のことだ。日本に一ヶ月ほど滞在してバヌアツに戻ってきた修まで、「一大事だよ、一大事。日本は大変なことになってる」と大騒ぎしていたのでよく覚えている。私はそこまで騒ぐほどのことだろうかと疑問に思ったが、大勢の日本人は修のような反応を示した。周辺国の脅威について世論は沸騰し、ぼんやりとしたセピア色の画像であった戦争が、カラー写真に変わり、三次元化していくような不気味さを抱いているうちに、憲法改正の議案が国会を通過して、憲法九条が変更され、日本の軍備は合法となった。今では徴兵制や、尖閣《せんかく》諸島や竹島《たけしま》を日本の軍隊が占拠すべきだという強硬論が出てくるまでになっている。誰かが明確に戦争しなくてはならないといっているわけではないのに、いつの間にか、国の進む方向の先には、戦争が待ち構えているかのようになってしまった。

「徴兵制を導入すれば、今の若者の体力低下もモラル低下も止められるし、なんといっても愛国心を育むことができると力説していたっけ」

「そんなものが復活したら、旧日本軍のリンチまがいの制裁なんかまで息を吹き返すに決まってる。征生くんが政治家にならなくてよかったわよ」

死んでよかったとまでは口にしなかったが、それに近いことをいって、私はジョッキを傾けた。

「彩実は反対でも、徴兵制支持者はけっこういるよ。だけど、そうそう簡単には導入には至らないだろうな」

「どうかしら、憲法改正ってのも、あっという間にできちゃったわけだし」

「改憲は戦後ずっといわれ続けてきたことだから、いつか決着をつけなきゃならなかったんだ。だけど徴兵制となると話が違う。国会でも慎重に議論を重ねて……」

私はビールを噴きだしそうになった。

「新聞記事の書きすぎじゃないの。ずいぶんと手垢《てあか》にまみれた言い方してくれるじゃない。慎重な議論もなにも、この国に議論なんて存在するのかしら。憲法改正論議だって、政府は充分に議論を尽くしたといっているけど、白熱した議論なんて、いつ、どこであったのよ。国会中継は、用意された質問と答弁をやりとりするだけの下手糞《へたくそ》な学芸会だし、色んな会議もあるらしいけど、そこで何がどのように話し合われたかはわからない。国民は、こんなことになりました、なんて結果を教えられるだけ。私たちはいまだもって、上意下達《じょういかたつ》の民なんだから」

空《す》きっ腹《ぱら》に飲んだビールのせいか、激しくまくしたてていた。

「そんなこと、俺にいわれても困るんだけど……」

「道紀くん、ジャーナリストの端くれでしょ。なんとかしなさいよ」

「今は、国政選挙で忙しいんだよな」

「えっ、また選挙なの」といった私の声をかき消すほど強く、退屈そうにジョッキを傾けていた芳美が、「今度の争点は、消費税増税ですね」と話に加わってきた。

「うん、この前の引き上げの後、またすぐだからな。けっこう激しい戦いになるだろう。経済同友会理事の兼本さんは、与党が大企業優遇を見直さない限り、支持はしないと言い切っていたものな」

「無理もないですよ。TPP参加にしろ、得をするのは大企業くらいで、中小企業は大変なだけですし」

「だけどなぁ、今は国自体、赤字財政であっぷあっぷしている。国を体にたとえたら、大企業とは大動脈だよ。大動脈の血流をよくして、血の流れ、つまり金の流れを保護しておかないと、国が立ちゆかない」

「毛細血管は詰まって、壊死しても仕方ないってわけですか。そんなことといったら、うちの県の企業はほとんど中小なんですからそれこそ立ちゆかなくなりますよ」

「そんな一様にいえる話じゃないだろう。中小でも活性化するところはしている。企業努力の話だと思うな。うちの新聞でも、中小でもアイデアで業績を伸ばしている県内の会社をどんどん紹介していくべきだと思うよ」

道紀と芳美は経済の話に夢中になりはじめた。経済の話に興味のない私は耳を傾ける気にもなれず、あたりに注意を向けた。

どこでも、食べきれないほどの料理の皿を並べて、客たちが盛大に飲み食いしている。みな、こぎれいな格好だ。ヘアサロンで手入れした髪に、染みも綻びもない新品に近い衣服、スマホなぞを傍らに置いている。バヌアツの一般人の普段着は、着古したTシャツやズボンだ。首都であるポートビラに出ていく時には、綻びや染みのないTシャツとズボンに変わるだけ。町に行っても、レストランやバーに入ることはまずない。仕事にあぶれる者が多くて、やっとありつけても、三万円程度の月収では、現地に住まう白人向けに日本と大差のない値段を取る店に気軽に行けはしない。スマホを買うなんて、よほどの高給取りでないと無理な話だ。バヌアツ人から見れば、この光景は、金持ちの夢の生活に見えることだろう。

原発の再稼働に当たったって、電気がないと経済が低迷する、戦前の貧しい生活に戻ってもいいのか、などとさんざんいわれていたが、その戦前の貧しさを具現するようなバヌアツで生活していると、それがどうだというのだ、と不思議に思う。みんな、その貧しさの中で、そこそこ楽しげに生きているのだ。

もちろんバヌアツ人に訊ねたら、高収入が得られて、流行の新品の衣類をとっかえひっかえ着られて、スマホを当然のように持てる生活がいいというに決まっている。しかし、怠惰な仕事ぶりでも許され、職場が厭になればすぐに辞め、無職になっても、大家族意識がまだ強く残っているおかげで、家族や親戚に助けてもらって、どうとでも生きていける彼らが、この生活を手に入れるための努力と犠牲を知っても、まだ羨むかどうかは疑問だ。なにしろ大勢の日本人は、勤勉第一の職場で、朝から晩まで休む間もなく働き、ローンに縛られ、気安く仕事を手放すこともできない経済奴隷のような一生を送るのだから。

お金とは、麻薬だ。それが無くなると思うと、資本主義の世界にどっぷりと浸かった中毒患者たちは戦慄《せんりつ》する。たちが悪いことには、「先進国」では、お金が無くなると、ほんとうに路頭に迷い、餓死しかねないということだ。バヌアツのような「発展途上国」ではお金がなくても、土地があれば生きていける。冬はない熱帯とはいえ、感覚的には亜熱帯に近い過ごしやすい気候だし、危険な獣といえば野生の豚程度だから、雨露を凌《しの》ぐ屋根さえあればどこでも寝ていられる。バナナやパパイヤを植えておけば、世話をしなくても、年中、実をつけてくれる。野菜を植え、鶏を飼い、海で魚を捕れば、自給自足は簡単にできる。

日本もかつてはそうだったはずだ。今でも田舎はそのはずだった。放射性物質による汚染が広がるまでは……。

「あれ、ユッコの足、ちょっとAKBじゃん」

「まじーっ、嬉《うれ》しい」

衝立の向こうの会話が耳に飛びこんできた。体をずらして、衝立の隙間《すきま》を覗くと、色とりどりの酎ハイのジョッキを前にした三人の若い女性だった。

「膝から下だけだけどね」

「ひどいなぁ。だけど、AKBって、どうしてみんな、あんなに細いんだろ」

四十人だか五十人だか、やたら大勢メンバーのいるそのアイドルグループの名は知っていたが、実際にテレビで見たのは、今回、日本に戻ってからだった。子供といってもいい少女たちが肩を並べてひしめいていた。

私の子供の頃に、アメリカのバービードールの国産版とでもいうべきリカちゃん人形というものがあったが、まさにたくさんの動くリカちゃん人形だった。同じ顔のリカちゃんにさまざまな衣装を着せ、ヘアスタイルを変え、声を仕草を少しずつ違える。

そのニューシングルに参加するメンバー決定は、ファンによる選挙制になっているという。リカちゃん人形の選挙。誰を選んでも、大同小異。偉大なる没個性が、個性を競って拙い競争をする。国政選挙と変わりないというわけだ。

そんなことを考えていると、店内の衝立の間をふらふらと歩いてくる男に気がついた。三十代初めだろうか、黒いTシャツに灰色のジーンズ。地味な服装のわりには、ドレッドにした髪に、アフリカ風のビーズのチョーカー、整った顔立ちのせいで目立っていた。風もないのに、風に吹かれているような雰囲気の男だ。誰かを探しているらしく、きょろきょろしている。

芳美と話していた道紀が、「あっ、トモヤくん、どうしたの」と声をかけた。

トモヤと呼ばれた男は、道紀の呼びかけにさほど驚いた様子もなく、「山岡さんを探しているんだけど」といった。

「ギャラリー暁《あかつき》の山岡さんか。遅刻常習犯だろ。来るまで、ここで待ってたらどう」

道紀は席の空いていたところを示した。芳美も知っているらしく、どうぞ、というように手を動かした。トモヤは私と芳美に目顔で挨拶して、するりと座った。ありがたがる様子も、ためらう様子もない。そこに隙間があったので滑りこんだ、という感じだった。

ビールを追加で注文すると、道紀は、トモヤをアーチストだと紹介した。

「アーチスト……音楽関係ですか……」

イギリスにいた時、さんざん自称アーチストに出くわした。何をやっているのかわからないが、奇妙な雰囲気を持っているのは共通していた。私が出会うのだから、そう有名なアーチストではなかったせいか、胡散臭《うさんくさ》い奴《やつ》らという印象が強かった。

困ったように笑ったトモヤの横で、道紀が、「モダンアートだよ。トモヤくんはインスタレーションをやっていて、スウェーデンだかノルウェーだかで、賞を獲っているんだ。日本のモダンアート界の若手ホープだよな」と、我が事のように威張った。

インスタレーションとは、設置するという意味だから、美術館に展示されている絵画でも彫刻でもないわけのわからない分野のことだとおぼろげに理解できた。もっとも、それでもぴんとはこない。そもそも美術館などで見る現代アートに感銘を受けたことはない。受けた気がしても、その後、するりと消えている。感銘を受けなくては時代に乗り遅れるという強迫観念からの、でっちあげの感銘であるせいだろう。流行は、人の感受性を鈍化させる。

「長崎出身なんだけど、今はこちらに半分住みついている。八島の民家を借りて、仕事場にしているんだ」

そう説明したついでに、道紀は、私のことも紹介した。八島の生まれであること、南太平洋の島国に住んでいて、今は帰省中であること。トモヤは、少し興味を抱いたように私に視線を向けたが、何もいいはしなかった。

ビールの追加と料理が幾皿か運ばれてきたので、みなで乾杯した。トモヤはジョッキを傾け、けろりとした顔で三分の一ほど一気に空けた。それでも、うまい、とか、満足した、とかいうようなことはない。すべてに淡々としているようだ。

このように感情の発露の薄い人間と、アーチストというイメージとがうまく結びつかないもどかしさを感じつつ、私は、鱧の梅酢ソースに箸を伸ばした。鱧は西日本産だったから安心だと思ったのだが、梅の酸味が強かったのか、口の中がひりついた。このところ口内炎ができて、よく沁《し》みるようになっている。父の葬式で帰国して以来、目に見えないストレスが溜まっているのかもしれなかった。

「どうして、八島を仕事場に選んだんですか」

私は、トモヤに訊ねてみた。

「うーん……なんとなく気に入って……」

微笑みで言葉を濁したトモヤの代わりに、蛸のてんぷらをつまんでいた道紀がいった。

「インタビューした時には、八島の水田風景が気に入ったといってただろう。彼はね、笹原でやった最初の個展で、収穫期の田圃の映像を流したんだよ。あれがギャラリー暁だったんだよね。展示スペースいっぱいに、壁も床も、収穫期の黄色になった稲穂の映像を映していたんだ。ＢＧＭは風に揺れる稲穂の音なんだけど、じっと聴いていると、騙《だま》された、騙された、という声が混じっているんだ」

「騙された……」

芳美が真剣な顔でその言葉を繰り返した。その場その場で、納得できる答えを得ていなければ、前に進めないという風に。

「その個展を開いたのは、３・11の前ですか、後ですか」

私の質問にトモヤは、「前です。後だったら、そんな露骨なメッセージ、恥ずかしくて出せないです」と即答した。このテーブルについて初めての明快な言葉だった。

「騙されたというのは、どういう意味だったんですか」

芳美が話を元に戻した。トモヤは面食らった顔をした。

「ええっと……まぁ、全世界というか……運命というか……」

「トモヤくんは、陰謀論者なんだよな」

道紀が目を一度、ぎゅっとつぶってから、またもや助け船を出した。まるでトモヤが言語障害に陥っていて、道紀はその介護者であるかのようだった。実際は、トモヤが語りだすのを待てないだけなのだ。小学校の頃から、お喋りな男の子だったと、私は思い出した。

「３・11だって、世界の闇組織の攻撃による人工地震だったと信じているんだ」

「ほんとに信じているの」

私は半信半疑で訊ねた。

　東日本大震災以降、地震兵器による人工地震説がネットを賑《にぎ》わしていた。その背後にいるのはアメリカ政府だったり、世界を牛耳《ぎゅうじ》るユダヤ人組織だったりする。なぜ、そんな話が出てくるのかと、私は前々から興味を抱いていた。

「ええ、まぁ……」

「信じるに足る証拠でもあるんですか」

「３・11の地震の震度計のグラフの揺れ方が自然のものではないとか、地震の前に日本の地球探査船が震源地をうろうろしていたとか、地震の時にアメリカの空母がすぐ近くにいたのは不自然だとかいうことなんだ」

　またもや道紀がしゃしゃり出てきた。

「その地震グラフの動きが、その前のニュージーランドの大地震と一緒なんで、そっちまで人工地震だなんていっているんだ」

　道紀の口調からはまったく信じていないことがありありと窺えた。トモヤは残っていたビールをするすると飲み干してから、さほど熱した風でもなくいいだした。

「ええ、スマトラ沖の地震も人工地震だったって説もありますね。そこまでいくと、僕も首を傾げるし、東日本の大震災が人工的に引き起こされたという説も、絶対、そうだ、といっているわけじゃないんです。ただ、突拍子もないことだと、最初から考えもしないことが厭なんです。それに僕たちが得ている情報は少なすぎて、フクイチの事故について百パーセント正しいことなんか、誰もいっていないと思うんです。事故当時の東電と政府のテレビ会議の映像とか、ばらまかれた放射性物質の量とか、一年も二年も経ってから出てきているでしょう。まだまだ僕たちの知らないことはたくさんあるはずです。あと十年もして、みんなが忘れた頃に、実は、あれは人工地震だったなんて話がリークされるかもしれない」

「そうよね。福島の原発事故が発したメッセージは、この世の中、何だって起きうる、ってことだったと思う。なにしろ、想定外のことがごろごろ起きたんだもの。だからもう、なんだってアリ」

「僕もそう思います。だから、人工地震だってアリかもしれない。アオイロコのせいってのもアリかもしれない」

トモヤの口から飛びだしたアオイロコという言葉に、私は驚いた。

「アオイロコのこと、知ってるの」

トモヤはむしろ私の反応を奇異に感じたようだった。

「八島にいる人だったら、みんな知ってるんじゃないですか。僕の借りている家の近所では、アオイロコ予防の整体をやっているくらいですよ」

横で道紀が「なんだい、アオイロコって」と訊いてきた。八島の風土病みたいなものだと教えてやると、ますます訳のわからない顔をした。

「風土病予防の整体だってことか」

「僕も普通の整体とどう違うのかもわかんないんですが……。やっているのは、渡橋亘さんという整体師で、けっこうおもしろい人ですよ」

「渡橋亘っ」

思わず大声を出した。父の公正証書遺言に出てきた証人の名だった。

Ⅶ　渡橋整体院

平屋の民家の玄関の上に、白地に黒文字で、『渡橋整体院』という看板があった。看板の端のペンキは剝《は》がれ、かなり老朽化している。民家自体も古いもので、黒塗りだったはずの板壁も色褪せて薄茶色となり、玄関横手の縁側の板はあちこち反っている。縁側の下に押しこまれた、がらくたの入った発泡スチロールや段ボールの箱がまるで廃屋のような印象を与えていた。

外見は寂れた様子だったので、開いた玄関の戸の間から中を覗き、客がいるのに驚いた。そこは三坪ばかりの広い土間となっていて、壁際には、バスの停留所にあるようなベンチや、パイプ椅子などが置かれていた。その椅子や、玄関の式台のところで順番を待っているらしい客たちは三人いた。二人の女と一人の男で、耳の遠い老人特有の太い声で盛んに話していた。

「この前、久しぶりに鰻《うなぎ》を食べようと思って善屋に行ったら、閉まってたんで驚いたよ」

「ああ、駅前の善屋さん。もう一ヶ月くらい閉まったままですよ」

椅子に浅く腰をかけて、ズボンの間に杖を挟んだ老女が応じた。白髪をショートカットにして、涼しげな水色のブラウス。良家の奥様風情だ。

「ご亭主が入院したせいだって聞きましたよ」

ブラウスの襟元を引っ張って、扇子《せんす》で中に風を送りこんでいた老女が口を挟んだ。頬が重たげに膨らんだ顔が空豆を思わせる。

「えっ、そうだったのか。あの亭主は、わしの小学校の同級生なんだ。お見舞いにでも行かないとなぁ」

話していた禿頭《とくとう》の老人は、驚いたように口許を手で二、三度拭った。

「笹原のJA病院に入院しているらしいですよ。でもねぇ」と空豆顔は小声になった。

「癌らしいですよ」

土間に、はっとしたような沈黙が漂った。

笹原の居酒屋で、渡橋亘が整体師であると聞いてから一週間過ぎていた。父の遺書の件で、そのうち会うことがあるかもしれないと思っていたら、昨日、姉が、渡橋亘からの内容証明付きの手紙を持ってやってきた。一ヶ月のうちに家と土地を明け渡すようにという文面で、遺言執行人の渡橋亘は、治子に遺産が無事に譲られるように見届ける責任があると書かれていた。

姉は、幹子叔母が治子を訪ねた結果についても不満そうに語った。あの家と田圃は先祖代々のものだから、あきらめてくれないかと頼まれても、治子は、博介さんの遺志を尊重したいと頑なに繰り返すばかりだったという。こうなったら、渡橋という人物に治子を説得してもらうしかないと、姉は力説した。もちろん説得の役目を果たすのは、父の死後、伊都部の名を継ぐ唯一の身内である私だ、というのだった。

説得できるかどうか自信はなかったが、渡橋には興味があった。そこで先日、教えてもらっていたトモヤの携帯に電話して、渡橋の家の場所を訊き、今朝、この筑田島まで自転車を走らせてきた。

整体院の土間に足を踏みいれると、三人の老人たちの視線が集まった。柔和な笑みを浮かべた皺の寄った顔がどこか緊張しているのは、余所者《よそもの》に対する疑念と警戒心からだろう。

「渡橋さんのお宅はこちらでしょうか」

トモヤがわざわざ前まで案内してくれていたから、ここが渡橋の家だとはわかっていた。ただ、何かいわないと、異分子をそっと押しだすようなこの老人たちの視線を躱《かわ》せそうもなかったので、仕方なくどうでもいいことを口にした。

「先生なら、治療中ですよ」

扇子を動かす手を止めて、空豆顔が答えた。

「そこに、お名前を書けばいいんです」と、もう一人の老女が、式台の上に無造作に置かれたノートを杖で示した。

式台を上がったところは板の間になっていて、向かいは襖で仕切られている。襖は少し開いていて、三畳ほどの和室があった。控えの間らしいその和室の先にはまた襖があり、そちらはぴったりと閉ざされている。奥から人の声が流れてきているので、施療室として使われているらしい。

「はい」と答えはしたが、ノートに何も書かずに、玄関の式台に浅く腰をかけた。それが老人たちに奇異の念を抱かせたのか、ぎこちない沈黙が漂った。

「ここでは、アオイロコの予防をしていると聞きましたが……」

監視されているような空気から逃れたくて、私は話しかけた。三人の老人たちは、それぞれ微笑みながら頷いた。

「どんなことをするんですか」

「アオイロコというのは、生きているうちに死んでいく病ですから、悪い気が溜まっているところを先生が整体で通りをよくしてくださるんです」と杖の老女が答えた横から、空豆顔が「最後にお清めしていただくんですよ」と付け加えた。

「お清め、ですか」

「ええ、アオイロコに罹らないようにって」

「このところのアオイロコの流行はえらいもんですからな」

禿頭が太股を両手でさすりながら話に加わった。

「今年に入って、うちの近所だけでも三人死んだ。二人までは三、四十代だ」

「私は高校生が亡くなったと聞きましたよ。孫の同級生ですよ。お医者さんは脳梗塞といっているらしいけど、まだ十代で、そんなことあるのかしら」

「医者のいうことなぞ、あてにはならん。脳梗塞だ、脳溢血《のういっけつ》だ、心筋梗塞だなどというもんは、ほんとはみんなアオイロコだ」

「ずいぶんと確信があるんですね」

疑い深い響きとなってしまったせいか、老人は板で跳ね返すような口調で、「昔からこのあたりで人がばたばた死ぬと、アオイロコと決まっておる」と断言した。二人の老女は、殿様の侍女のようにそれぞれ頷いている。

「アオイロコは戦争を連れてくる。支那事変の頃にも、やっぱりアオイロコが流行ったということだ。それから太平洋戦争が始まった」

「あぁ、厭だ、厭だ」

空豆が頭を振った。第二次世界大戦の時はまだ子供だった世代だろう。戦争に行かなくても、不穏な空気を肌で感じていたはずだ。その言い方には真剣味がこもっていた。

がたっと音がして奥の間の襖が開き、ぺこぺこ頭を下げながら、六十歳ばかりの女が出てきた。白塗りの厚化粧に、髪をどきっとするほどの紫に染めている。八島の農業に従事する老人ではなくて、市内の水商売の女のようだ。わざわざここまで来たのだろうか。

女の後ろから白衣を着た初老の男が現れた。小判形の顔にぎょろりとした目、一文字に結ばれた大きな口、分厚い唇と相まって、どこか鯛《たい》に似ている。背は低く、ずんぐりしていて、長い銀髪を背後でひとつに結び、着古したてかてかのジーンズを穿《は》いている。老いたヒッピー世代だと思った。女を送りだし、玄関のノートを取りあげたその男に私は声をかけた。

「渡橋さんですか」

「そうです」

渡橋はよく響く低い声で返事して、式台の上から私を見下ろした。

「あの私……、伊都部博介の娘の伊都部彩実です。昨日、姉のところに届いた手紙の件で参りました」

二秒か三秒だろうが、長すぎると感じるほどの間、渡橋はその大きな目で私を見つめていた。

「海外に住まわれていて、今、帰省中とかいう方ですか」

治子から聞いていたのだろう、私のことは把握しているようだった。

「はい、そうです。それで、あの手紙について少しお伺いしたいことがあるんです。お時間、いただけませんか。今、ご都合が悪いようなら、後でお手すきの時に出直しますが……」

順番待ちをしている三人の老人たちに気兼ねしていった。渡橋は腕組みをして、思案するように背中をひと揺すりしてから、次の番だったらしい杖の老女に、少し待つように頼み、私を奥の部屋に通した。

施療室となっている部屋の畳にはカーペットが敷かれ、簡易ベッドが置かれていた。床の間には、チベットのもののような和紙の曼荼羅《まんだら》が下げられ、その下で香が細い煙の筋を立てていた。香箱の横には一輪挿しの花。部屋もよく掃除されている。部屋の様子は、妻か恋人か、女性の存在を想像させた。

庭側の障子戸の手前には、古ぼけた茶色の格子柄の応接セットがあった。勧められて、私はそこのソファに腰を下ろした。渡橋も向かい側に座り、「僕の出した手紙に、何かご不明な点でもあったのですか」と、性急に用件に入った。

「父の遺言ですが、いったい、どういう経緯で作ることになったのでしょうか。父の発案だったというのは解せないんです。病気に罹っていたわけでもないし、公正証書遺言なんてものの存在すら知らなかったと思うんです」

「公正証書遺言のことを伊都部さんにお教えしたのは、僕です」

「父をご存じだったのですか」

「はい。伊都部さんは、治子さんと一緒にうちに通っておられました」

　私の知っている限り、父は自分の健康に自信を持っていた。田畑を耕し、自分の家で穫れた野菜や米を食べているから、医者知らずなのだと自慢していた。整体などに興味を抱く人間ではなかった。

「父が、整体にですか」

　私は念を押した。

「アオイロコ予防に、治子さんが連れてこられたんです。最初は伊都部さんも半信半疑でしたが、ご自分の周囲で突然死が多くなるに従って、アオイロコが広まっていることを理解するようになられたようです。しかし……少し遅すぎました」

　前髪を掻きあげるようにして額に手を遣り、渡橋は顔をしかめた。

「遅すぎたというと……」

「すでに伊都部さんは、アオイロコに罹っていたのです」

「アオイロコとは、それまで元気だった人が、突然、死んでしまう病気なんでしょう。その突然性や不可知性というようなものを、どうやって予見できるのですか」

渡橋は大きな口を頬にまで広げた。微笑んだつもりだろうが、不敵なにやにや笑いにしか受け取れなかった。

「僕には見えるんですよ。アオイロコに罹った人は、体の死んだ部分が青色に……緑がかった青に染まっているんです」

「オーラみたいなものですか」

そう訊いてみたものの、オーラの存在を百パーセント信じているわけではない。だから、渡橋に「そういってもいいでしょう」と答えられると、話に胡散臭いものを感じないではいられなかった。

「いったい、アオイロコとは何なんですか」

渡橋は肉厚の肩をすくめてみせた。

「医学的な意味での病気ではないのは確かでしょうね。はっきりした正体はわかりません。ただ、僕なりに考えることはあります」

言葉を切って、渡橋はそのぎょろ目で私をぐいと見つめた。

「僕は、アオイロコとは、生命エネルギーが枯渇する現象だと思っています。東洋でいうところの、気、ですね。生命エネルギーが衰退し、やがて枯渇すると、肉体的な死をもたらします。それは傍目《はため》には、突然死に見えるでしょう」

わかったようなわからないような話に、私は、はぁ、と小さく返答した。

「人とは、生命エネルギーの詰まった袋のようなものです。大きな精神的ショックによって、その袋に穴が空き、エネルギーが洩れはじめると、もう止めることはできません。一時的に穴を塞ぐことはできても、またすぐ破れてしまう。そうしてどんどんエネルギーが洩れつづけ、袋が空っぽになった時、ぽっくりと死んでしまうのです。長年の連れ合いを亡くした妻や夫が、後を追うように死んでいったなんて話をよく聞くでしょう。そんなのも、アオイロコに罹ったせいなんです」

「だけど、今、常世原や笹原で、突然死する人はずいぶんと増えているんでしょう。それも世代に関係なく。みんながみんな、長年の連れ合いを亡くしたほどのショックを受けたわけじゃないと思うんですけど」

むしろ原因は内部被曝によるものではないかという言葉が喉から出てきそうだったが、なんとか押しとどめた。渡橋は、振り子の余韻のように軽く数度頷いた。

「現在、僕たちが目《ま》の当たりにしているアオイロコ現象は、個人の枠を超えているんです。日本という国自体が、アオイロコに罹っているといっていい。日本人の精神的土壌が病に冒されているのだから、大勢の人がアオイロコに罹っても不思議ではありませんよ」

「日本がアオイロコに罹っているとおっしゃるのですか」

「そうです。日本という国の生命エネルギーの袋に穴が空いてしまっているんです。エネルギーはただ洩れの状態ですよ。海外から帰ってこられたのなら、この国のおかしさはおわかりになるんじゃないですか。子供も大人もパソコンや携帯にかじりついて自分の内に引きこもり、アトピーや花粉症を患う者たちが蔓延《まんえん》し、路上にはホームレス、病院は年寄りが溢れている。貧富の差は大きくなり、苛めや自殺のニュースが途絶えることはない。ちょっとばかり景気が上向いたとか、維新だ、復興だ、なんて騒いでも、所詮、かけ声です。ワールドカップで日本チームに送る声援ほどにも効果はありません。日本自体がアオイロコに罹り、死んでいるんです。死につつあるんじゃない、死んでいる。もちろん、まだ生きている部分はある。人でいえば、脳や五感といったところでしょう。しかし、魂や胆力が宿るはずの内臓部分はもう死んでますよ。これは国が崩壊するプロセスなんです。今に日本も、東ドイツやソ連と同様、ある日、突然、瓦解してしまうことでしょう」

渡橋はこの問題は喋りなれているようだった。顔の表情や手を盛んに動かし、言葉を奔流のように押しだしてきた。

「悲しいことです。日本は平和で美しい国でした。江戸時代を見てもわかるように、僕たち日本人は、他国に戦いを仕掛けることもせず、文化や道徳を成熟させてきたんです。しかし、黒船到来以来、西洋列強に脅かされるようになった。あわや西洋の植民地にされそうになった。それでも日本人はよく戦ってきたと思いますよ。資源の乏しさで軍事戦争には敗れたが、持ち前の誠実さと勤勉さで経済戦争では盛り返し、国力を上げてきた。豊かな暮らしが実現したと思ったところに襲ってきたのが、グローバリズムです。ひたすら真面目に働き、良質な製品を市場に出していればいい時代は終わった。国の庇《ひ》護《ご》はなくなり、弱肉強食をモットーとする西洋の企業と戦わなければならない時代となった。企業同士の戦国時代となったんです。武器は、騙しあいと裏切り、脅しです。譲りあい、助けあいの日本の美徳など、弱点になりこそすれ、何の役にも立たない。グローバリズムの時代、古き良き日本は全否定されるんです。この変化が、日本に及ぼした打撃は絶大です。国の生命エネルギーを溜めておく袋に大きな穴も空けられますよ。僕は、阪神・淡路大震災も東日本大震災も、日本という国が受けた精神的打撃が大地と共鳴して引き起こされたものだと受け止めています」

渡橋の声は次第に大きくなり、頬は紅潮してきた。この人は頭がおかしいのではないかと、私はちらりと思った。いっていることは一応筋は通っていたが、その底に流れる日本の美化に生理的反発を覚えた。

「でも渡橋さんはアオイロコの予防をしているのでしょう。人も国も、死ぬまでに至らなくても、助かることもあるわけでしょう」

「僕の予防とは、整体によって生命エネルギーの通りをよくしてやることです。しかし、どんなに流れをよくしてやっても、エネルギーの総量が減退すると、行き渡らないところが出てきて、そこから死んでいく。一度、そのプロセスに入ると、どんなに本人がこれではいけないと思い、生き甲斐《がい》を見いだそうとしても難しいんです。気の持ちようだけで、穴が塞がるのなら、苦労はしない。問題は深いところに根ざしているのです。なので一度洩れはじめると、もう駄目なんです。伊都部さんのお父さんのように……」

襖の向こうから、「すみません」という細い声がした。渡橋が「はい」と答えると、襖が少し開き、杖の老女が顔を覗かせ、遠慮がちに話しだした。

「あの……まだお時間、かかるのでしょうか。娘が十一時半に迎えに来て、そのまま笹原に行くことになっているんですが……」

施療室の掛け時計は十一時になろうとしていた。渡橋は、「大丈夫です。すぐ終わります」と答えた。老女が襖を閉めると、渡橋は急いた《せ》口調で、「そんなわけで、お父さんはアオイロコに罹っていることを知り、遺書を残すことにしたんです」と話を締めくくった。

それで用件は終わったかのように腰を浮かした渡橋に、私は早口で訊いた。

「だけど、どうして治子さんにあの家と田圃を譲るという遺言になったのでしょう。治子さんはご家族と同居なさっていると聞いています。別の場所に引っ越す必要はないのではないですか」

「それは治子さんにお訊ねください。僕は、伊都部さんから、治子さんに遺産が確実に渡る手段を訊かれて、公正証書遺言というのがあるとお教えしただけです。その関係で、証人になり、遺言の執行を見届ける役目を果たすことになった。ところで一ヶ月以内に、家と土地を明け渡していただく件、大丈夫ですね」

その問いかけは、槍《やり》のように私の胸にぐさりと刺さった。

「いえ……あの……家の中はまだ家財道具や父の使っていた細々したもので散らかっているんです。一ヶ月以内にそれを片付けるのはちょっと……」

「治子さんは家に遺品が残っていても、気にしませんよ。むしろ喜ぶんじゃないですか」

襖のほうに向かいながら、さらりといわれた渡橋の言葉に、自分の言い分があの家を明け渡さないための言い訳に過ぎなかったことに気づかされた。

家には私のものはほとんど残っていない。嫁いだ姉も同様だろう。私は身の回りのものを集めて、家から出ていけばすむ話なのだ。そもそも父の葬式が終わったら、できるだけ早くバヌアツに戻る予定でいた。最初から、一ヶ月先まで常世原にいるつもりはなかったのだ。

「それでは、よろしくお願いしますよ」

渡橋は襖を開いて、「杉本さん」と呼びかけた。杖の老女が待ち構えていたように玄関で靴を脱いであがってきた。私は渡橋に会釈して、整体院から出ていった。

空には、私の心を映したような灰色の雲が広がっていた。父の遺言に大騒ぎする姉や叔母を前に、私は平気なつもりでいた。治子に家と田圃を譲っても、痛くも痒《かゆ》くもない。セシウムまみれの土地なんかいらないと本気で思っていた。

だが、それは所詮、身内同士の怖がらせごっこに過ぎなかったのだろう。私は井の中の蛙《かわず》で、ハードボイルドを気取っていただけだ。だから他人である渡橋に、一ヶ月以内に家を明け渡せ、といわれたとたん、全身が揺らぐような衝撃を受けた。生まれ育った家が、子供時代の思い出の詰まった田圃が永久に失われる。強烈な喪失感に、腸《はらわた》が落っこちた気持ちがした。

故郷が放射性物質によって汚染されても、生まれ育った土地や家はそこにある。いつの日か還《かえ》るだろう自分の場所であり続ける。だが治子のものとなれば、戻ることなぞできない。永遠に失われるのだ。自分の中であの土地や家がどれだけ大きな部分を占めていたかを見せつけられた気分だった。

乗ってきた自転車はトモヤの借りている家の庭に置かせてもらっていた。そこから歩いて、渡橋整体院までトモヤに案内してもらったのだった。歩いて一、二分ほどだ。水路に沿って続く狭い道を進み、小さな橋を渡る。

この筑田島は、八島の中でも最も昔の風情が残っている集落だ。内部は改装しても、外見はまだ伝統的な日本家屋の佇《たたず》まいを残している家々が多い。大竜川から引きこんできた水路が緩やかな碁盤の目状に中洲の集落地を巡り、足許や周囲からは、ごぼごぼという水の流れる音が立ち上っていた。

水路を行く舟が唯一の交通手段だった頃は、家と家とを繋ぐ畦道《あぜみち》程度の小道しかなかったのだろうが、今ではアスファルトの道が通っている。しかし、軽トラックが通れる程度の幅しかなく、すれ違ったり、車を回したりするには路傍の民家の庭先を借りないといけない。

トモヤの借家は、槙塀《まきべい》が目印だった。濃い緑の槙が四角く剪定《せんてい》されて、家をきっちりと囲んでいる。長い間、八島の垣のほとんどが、こんな槙塀だった。樹齢百年も二百年も経た槙もあった。防風のためばかりではなく、台風で土手が決壊して濁流が押し寄せてきた時のためでもあった。そんな事態をこのあたりでは、ぶんぬけ、と呼んで恐れていた。というのも、ぶんぬけになると、家は床上浸水、庭も田畑も水に浸かり、八島は湖のようになった。槙塀は、ぶんぬけの時に大竜川から流れこむ漂流物を阻み、波からも守ってくれた。しかし、しっかりした堤防が造られ、ぶんぬけがなくなると、槙塀は減り、ブロック塀に取って代わられた。手入れが簡単だし、すぐに造れるし、虫なんかいなくて清潔だということでそうなったのだろう。私の家もそうだし、トモヤの借りている家の周囲は、ほとんどがブロック塀だ。その灰色ののっぺりと塗り固められた塀を見ていると、嘘で塗り固める、という言葉を連想する。便利さの追求とは、嘘で塗り固めていくこととどこかで繫がっていると思う。

私の自転車は、玄関の軒下に置かれていた。平屋の古ぼけた家だ。建てられて百年くらい経っているのではないかと思うほどにおんぼろだった。

槙塀を抜けて、家に近づいていくと、横手からぽろんぽろんとギターの音が流れてきた。トモヤが弾いているのだろうか。

朝、トモヤと家の前で待ち合わせた時は、心は渡橋整体院のことで占められていたので、ろくに目に入っていなかったが、家の手前の敷地の左脇に、土蔵と小屋があるのに気がついた。音は小屋のほうから流れてきていた。

五メートル四方ほどのトタン屋根の小屋だ。一面が外への開口部となっていて、障子と雨戸がついている。このあたりによくある離れの隠居家にしか見えないが、変わっているのは、小屋を支える柱の場所に車輪がついているところだった。

トモヤは縁側の障子の敷居に座り、ギターを弾いていた。

「用は済んだんですか」

私に気がつくと、トモヤはギターを弾く手を止めて訊いてきた。

「ええ、一応……」

用は済んだというより、何も収穫はなかったので、私は口を濁した。トモヤは腰をひょいと上げると、「何か飲みますか」といいながら部屋の奥に消えた。

縁側に近づいて中を覗くと、八畳の和室となっていた。壁際に本や雑誌が雑然と積まれ、昔風の文机《ふづくえ》がぽつんと部屋の真ん中に置かれている。文机にはクレヨンや色鉛筆が散らばっていた。奥に床の間と押し入れがある。トモヤは、床の間の部分に置いた小型の冷蔵庫から、ペットボトルを二本取りだしてきて、私に差しだした。ドリアンティーに、緑茶ライムとかいう変わったラベルが貼られている。どちらも薄気味悪い飲み物に思えたが、少しでもましそうな緑茶ライムを受け取り、私たちは縁側に座った。案外、悪くはなかった。爽やかなライム味の緑茶が胸を下っていくと、渡橋との遣り取りで引きずっていた暗い気分が少し薄れた。

トモヤは、ドリアンティーを飲んで、「うーん」と複雑な表情をした。

「失敗したなぁ」

「味、知らないで買ったの」

「新製品を見つけたら、まず試してみることにしているんです」

「ドリアンティーなんて名前だけで、私なら絶対、手を出さないけどな」

トモヤは何もいわずに、ペットボトルのドリアンの写真を眺めている。

「この家、車輪がついているのね」

私は床下を指さしていった。トモヤはペットボトルから目を離した。

「おもしろいでしょ。隠居家として造られたもので、日当たりのいい場所に移動できるようにしたとのことです」

「へぇ、移動する家なんだ。キャンピングカーみたいね」

「キャンピングカーですか。僕は、和製パオだっていってるんですけど。ほら、モンゴル遊牧民の。まぁ、どっちだっていいけど、日本人って、農耕民族で定住型だなんていわれているけど、ほんとはけっこう移動好きだったりするんじゃないかと思うんですよ」

「そうかもしれない。海外に出てびっくりするのは、どんなとこにだって日本人がいるってことだもの」

以前、ハイチで大地震があった時、邦人二十人ばかりの無事が確認されたというネットのニュースを見て、こんな島国にまで日本人が住んでいるのだと驚いたものだった。もちろん、バヌアツにだって、私のように定住している日本人は八十人ほどはいる。

「でしょう、ユダヤ人みたいにね」といってから、トモヤは声に力をこめて続けた。

「日本には、古代、イスラエルの失われた十支族がやってきているという説、知ってますか。だから、今の日本人にはイスラエル人の血も混じっているっていう話。僕、けっこう信じているんです。正倉院宝物にもペルシャのガラス碗《わん》とかいうのがあるじゃないですか。古代、品物が日本に来ているのなら、人間だって来ていてもおかしくないですよね」

イスラエルの失われた十支族の話は、どこかで聞いた記憶があったが、それと日本とが結びついているとは初耳だった。まさかぁ、という言葉を飲みこんで、一応、「十支族がイスラエルを離れたのはいつだったの」と訊いてみた。

「十支族が住んでいた北イスラエル王国が滅ぼされたのは、紀元前八世紀。その半世紀後くらいに、神武天皇が日本を建国したと日本書紀にあるんです。日本語とユダヤ語と、同じ発音で同じことを意味する言葉も多いというから、けっこう、説得力、あるんですよ」

あまり説得力があるとも思えなかったが、「だったら、おもしろいわね」と答えた。

トタン屋根を叩く、たんたん、という音が頭上から響いてきた。雨が降りはじめたのだ。庭はあっという間に白く霞み、小屋の中に涼しい空気が流れこんできた。

「さっき、何を弾いていたの」

私はトモヤの傍らのギターに目を落として訊いた。

「ゆずの『栄光の架橋』です。知りませんか。僕の大学時代に流行ったんですが」

トモヤは三十代初めのようだから、十年ほど前だろうか。私が日本を出て、十四、五年が過ぎている。

「その頃はもう日本を出ていたわね。流行歌なんて関係ない生活してきたし」

「いいですねぇ、そんな生活。日本は流行に踊らされ過ぎてますよ」

そういいながらトモヤはまたギターを手にして弾きはじめた。低く静かな声で歌いながら、スローテンポの曲を奏でている。

それが誰のいつの歌なのかわからなかったが、雨の中でギターの調べに耳を傾けるということ自体に、私は気持ちが和んだ。しばらく味わったことのない時間だった。

私はちらちらとトモヤの顔を眺めた。俯《うつむ》き加減にしているせいで、黒くて長い睫《まつげ》が影を落としていた。ドレッドヘアの束が頰にかかっている。ジーンズの膝を立てて、ギターを弾くさまは、格好よかった。

今、男と二人きりだということを意識した。

胸がじいんとして、いいなぁ、という気分に包まれた。

アンディとの別れ話のいざこざで、恋だの愛だのには疲れてしまった。かつて愛していると信じた相手との間に生まれる憎しみ、嫉妬、怒り。自分の中で湧きだす、そんな感情にほとほと嫌気が差している。とはいえ、異性との間に、どんな期待感も夢も抱けなくなるほど絶望しきってもいない。そんな宙ぶらりんの気持ちの私にとって、男とのこのような静かな交流は、渇いた時に飲む水のような心地良さをもたらしてくれた。

私は温くなった緑茶ライムのペットボトルを傾けながら、雨音混じりのギターの調べに酔っていた。何曲目だっただろう。電子音の賑やかな調べが、その静かな旋律を打ち砕いた。

文机の上に置いていた携帯の着信音だった。トモヤはギターを置いて近づいていくと、携帯に表示された番号を確かめ、物憂げに耳に当てた。

「ああ」

無造作な返答に、相手はかなり親しい仲だと直感した。すぐさま、彼女からだろうかという考えが頭に浮かんだ。

まだ二度しか会ったことのない男なのに、二人きりでギターを聞かせてもらっただけで、もう自分のものであるかのように、電話相手が恋人からかどうかなどと詮索してしまう。我ながら、女の独占欲の強さにぞっとする。

しかし、そんな考えも、「嘘だろ」というトモヤの大きな声に中断された。

「被害はないのか……警察には通報したのか。……うん、わかった、今からそっちにいく。二時間くらいかかるけど」

トモヤは携帯を切って、ペットボトルに残っていたドリアンティーを飲み干し、盛大に顔をしかめた。

「何があったの」

私はトモヤが一息ついたのを見計らって訊いた。

「僕のマネージメントをしてくれている友達の家に誰かが入りこんで、荒らしていったんですよ」

「泥棒なの」

「だったらまだいいんですけど、何も盗まれたものはなくて、ただ、十月のパリの美術展の企画書だけがびりびりに破かれていたらしくて……だけど、まさか……」

トモヤは考えるように呟いたが、すぐにジーンズの尻を両手でぱんと叩いた。

「とにかく、すぐに東京に行くことになりました。すみませんが、今日はこれで」

「ええ、もう帰るわ」といってから、これでは濡れて帰ることになるなと、私は外を眺めた。雨は激しくなっていた。

「あっ、自転車だったんだ。じゃあ、車で送っていきます。自転車は明日、取りにきたらいい」

「でも、急いでいるんじゃ……」

「たいした手間じゃないですから、いいですよ」

トモヤと一緒に隠居家を出て、雨の中を母屋に走った。私が自転車に鍵をかけている間に、トモヤは手早く出かける支度をした。十分もかからなかった。黒いデイパックに身の回りの品を詰めただけで、すぐに玄関に現れて、戸口に鍵をかけた。

車は隠居家の向かいにある納屋に置かれていた。黄色い軽自動車だ。トモヤに傘を貸してもらい、車に乗りこんだ。

「住んでるの、二子島でしたっけ」

エンジンをかけながら、トモヤが訊いた。そうだ、と答えると、車は、筑田島の細い通りを二子島に向けて走りだした。雨で水田に植わった稲穂の緑は霞み、八島は、ほんとうに水上に浮かぶ島々のように見える。

「さっきの話だけど、トモヤくん、マネージャーの人の部屋が荒らされたことに、何か心当たりがあるの」

私は気に掛かっていたことを訊いた。

「うん……まぁ……」

狭い運転席で体を窮屈そうに折ったトモヤは、ハンドルを切りながら逡巡《しゅんじゅん》するように口許を膨らませた。喋りたくないのかなと思っていると、ぼそぼそと続けた。

「前から温めている、ひとつのテーマがあったんです。僕らは何かに操られている、というものです。今回、パリの美術展に招待されて、それを作品で表現しようと思ったんだけど、その時、頭に浮かんだのが、イルミナティだったんです」

「イルミナティ……。それって、人工地震を引き起こしているといわれている、闇の勢力とかじゃなかったっけ」

原発事故の人工地震説をネットで検索していた時、目にした名だった。

「よく知ってますね。そうです。世界を支配しようとしている、ユダヤ財閥のグループとかいわれている組織です。イルミナティという名前が気に入ったし、ミステリアスだしで、半ば冗談みたいな感覚で、使うことにしたんです。ところが、それをあちこちで話したり、企画書を作ったりしているうちに、変なことが起き始めた。マネージャーの携帯の留守電に、意味不明の言語の声が入っていたり、フランス語で、パリに行くな、という意味のメールが届いたり。もちろん差し出し人のアドレスはフリーメールで、追跡しようがない」

「ただの偶然とか……」

「僕たちも最初はそう思ったんです。だけど、次にはマネージャーのマンションの部屋のドアに、赤マジックでバッテンをつけられたフランス国旗のシールが貼られていたり、ネズミの死骸が置かれていたりしはじめたんです」

ネズミの死骸。そこまでいけば、立派に脅迫行為だ。

「怖いわね」と、私は呟いた。

「でしょう。だけど、僕の仕事場兼住居は東京から離れているせいか、こっちには被害はない、マネージャーのところにだけ、嫌がらせのようなことが続くんです。警察に行ったけど、ただの悪質な悪戯《いたずら》だ、誰かに恨みをもたれているのだろうといわれて、追い返されました。マネージャーは神経症的になってきて、部屋を空けるのが怖いなんていいだすしで、困っていたところに、今回の事件なんです」

「そのマネージャーさんって、女の人、男の人」

「男です。大学時代の友人で、英語はぺらぺらだけど、気の弱い奴で震えあがっちゃったんです」

「それはかわいそうね」

なんとなく、ほっとして私はいった。そしてマネージャーが男だったら安堵するという、女としての自分にうんざりした。

車は筑田島の集落を抜けて、秋津島に入っていた。狭い農道には、雨傘をさして歩く子供たちや、軽トラックなどがけっこう走っている。雨の中だけに、トモヤはのろのろ運転で進んでいく。

「パリで発表予定のインスタレーションの作品って、そんなに危険な代物なの」

「どうなんでしょうね。展示室に、地球の形をした空気ボールをつり下げる予定なんです。暗闇で、ぼうと青く光って、宙に浮いているイメージです。人が近づくと、青は黄色になり、赤になっていく。同時にまわりの壁に映像が流れはじめるんです。イルミナティの母体だといわれているフリーメーソンの会合の映像に、CGで手を加えたものです。電子メールでパリに送った企画書に、その映像を添付してから、おかしなことが起きるようになったんで、脅し的なことは、それと関係あるんじゃないかと疑っているんですけど……」

「フリーメーソンの会合の映像というのは、どこで手に入れたの」

「ネットの動画で見つけたんです。盗撮したものみたいですけど、彼らを刺激したのは、CGで手を加えた部分じゃないかと思ってるんです」

「CGで、どう手を加えたわけ」

「会合の間に、演説する男の映像を入れたんです。フリーメーソンの制服を着た男が、ヒトラーみたいに熱っぽく語るんですよ。9・11は成功だった、世界貿易センタービルは爆破させたのに、うまく情報操作して飛行機が突っこんだと思わせることができた、おかげでイラクに戦争をしかけて石油の利権を奪ってやれたとか、3・11は落ち度があった、福島沖に原爆を埋めて爆破させたのはよかったが、地震と津波で破壊した原発は四基に留まってしまった、もう少し津波の規模を大きくできていたら、後の二基も破壊できた、東日本を壊滅できたのに残念だ、なんてことをね」

「でも、それって、ネットに蔓延している陰謀論の寄せ集めみたいな話……あ、ごめん」

ネットの与太話を作品に取り入れたといっているに等しいと気がついて謝ると、トモヤは苦笑した。

「いいですよ。僕だって、話半分くらいに考えていたんですから。ヒトラーのカリカチュアにぴったりの荒唐無稽な話をくっつけただけで」

トモヤは乾いた声で笑ってから、少し真面目な口調になった。

「だけどちょっと調べてみると、そんな話も妙に説得力があるんですよね。原発事故のすぐ後、海に汚染水を流したのは、海底爆発させた地震兵器の放射能が検知されるとまずいからだという説なんて、汚染水の海洋放出に関して、アメリカ政府からの圧力があったという話と符合するし……」

「どうしてアメリカ政府なの。闇の勢力は、イルミナティでしょう」

「アメリカ政府はユダヤ財閥に牛耳られていて、その財閥の別の姿はイルミナティだ、ってことなんです。イルミナティとは、二百年ちょっと前にバイエルンで設立された秘密結社だといわれているけど、謎と伝説に包まれていて、確かなことはわかりません。ネットなんかで調べた限りでは、莫大《ばくだい》な富と権力を手に入れた支配者階級の集まりみたいです。自分たちのことを神さながらの特権階級とみなしていて、自分たちの支配する世界単一政府を樹立しようとしているんだそうです。だから、富をもたらす石油と原子力の利権を手放そうとはしないし、邪魔立てする存在は徹底的に排除してきた。今やイルミナティの力は、世界中に及び、自分たちの意のままにならない国々や人々を恐喝している。今回の３・11も、日本政府を脅して、金を出させるために、人工地震を起こしたといわれています。今回のことで、イルミナティは、何十兆から何百兆もの金を奪ったという話もあるくらいです」

「そんなお金、日本政府にあったわけ」

「どうなんでしょうね。日本の国家予算でも百兆円にも満たないのだから、わからない話だけど……。僕も、最初は眉唾物としておもしろがっていただけだけど、最近は、案外、イルミナティの陰謀の話はほんとなのかもしれないと思い始めてます」

「身近に変なことが起きているのは事実なんだとしたら、何かあるんでしょうけど……」

世界制覇を狙う悪の組織と戦うアニメのストーリーのような話だ。しかし、トモヤの真剣過ぎない、それでいて、冗談とも思えない話しぶりのせいなのか、屋根を叩く雨音とワイパーの動く音に閉じこめられた車の中の雰囲気のせいなのか、ただの荒唐無稽な話ではなくて、この世界のどこかで、現実に起きていることのように思える。

「マネージャーは本気で怯えてます。実際、イルミナティの陰謀を公表したり、反対しようとして、暗殺されたアーチストは多いんだって。マイケル・ジャクソンに、ジミ・ヘンドリックス、ホイットニー・ヒューストン、みんな、イルミナティに関わりたくないといいだして、殺されたらしい」

「暗殺されたっていうの」

「自殺や事故死に見せかけての暗殺なんて、プロの殺し屋たちにとっては朝飯前ですよ。ジミ・ヘンドリックスの死体は喉までワインでいっぱいだったそうです。ワインによる溺死らしい。マイケル・ジャクソンの死も、専属医が麻酔薬を間違って処方したせいだといわれているけど、ほんとのところはわからないままです。日本の政治家たちだって、アメリカの意思に反すると、スキャンダルで追われたり、暗殺されたりするっていうでしょ。それも、ほんとはアメリカのバックにいるイルミナティの仕業なんだって。社会的に影響力のある人間だと、殺されるんです。僕の場合も、パリの美術展のようなところで、イルミナティの陰謀を公表するような作品を出そうとしているから、脅されるんだって、マネージャーはいってるんですよ。僕みたいに、マイナーなアーチストにそれほど影響力があるとも思えないけど」

トモヤは肩をすくめて、「二子島ですけど、どこの家ですか」と訊いてきた。

車はもう二子島の集落に入っていた。

「あっ、すぐそこ」

道の先の四つ辻《つじ》にある家を指さす。

フロントガラスの先に見える灰色の瓦葺《かわらぶ》きの二階家が、雨に溶けて消え、ワイパーによってまた現れ、そして雨に溶けていく。それは溶解してゆく世界の中で、必死に形を留めようとする父の家……私の生まれ育った家……もしかしたら、私自身なのかもしれない。

車が、家の門の前で停まった。

「どうもありがとう」

私は助手席から飛びだした。玄関の軒下まで走ってから振り返ると、トモヤの車は、プッ、と小さくクラクションを鳴らして走り去っていった。

Ⅷ　家という子宮

「大丈夫、家には空き巣も入ってないし、ちゃんとしてたから」

パソコンから、修の気楽な声が流れてくる。

「よかった、どうなっているか心配だったの」

「大丈夫、大丈夫。なんもかも相変わらず、だよ。そうそう、ツーリストボートがもう一隻定期的にビラに入港することになって、地元は大喜びだ。うちの事務所もこれから忙しくなると思う」

ツーリストボートとは、巨大なクルーズ船だ。何百人も観光客を乗せてきて、ポートビラに停泊する。地元への経済効果は一回の停泊で三千万円だといわれている。

「へえ、よかったわね」

庭の山茶花の生垣の向こうには、仄《ほの》かに黄色に色づきはじめた稲穂が広がっている。

秋の気配の漂いはじめた田圃のどこかから、「……をよろしくお願いします」という選挙カーの声が流れている。この景色を目に映しつつ、真っ青なラグーンを背景に航行する巨大な白い客船を身近に感じるのは難しい。

「それで、いつこっちに戻ってくるんだい」

「近々だけど……」

私の返答は歯切れが悪い。

一ヶ月以内に、この家と土地を明け渡せという渡橋の宣告がずっとひっかかっている。次、この家を出れば、永遠に帰ることはできなくなるのだ。そう思うと、出発日を決めるのが躊躇われて、ずるずると先延ばししている。

「来月、ヤスさんの誕生日があるんだ。誕生日会やるから、それまでに帰っておいでよ」

ヤスさんとは、ポートビラの日本料理屋の経営者で、酒好きの陽気な男だ。誕生日会といっても、集まって大酒を飲むだけに決まっているが、さぞかし賑やかになることだろう。

「いいなぁ。それまでには戻るわ」

修とのスカイプでの会話を終えて、パソコンの電源を切った。

バヌアツに住む日本人たちは明るくて軽い。自国の文化や歴史のもたらす重圧から解放されるせいだろうか、享楽的でもある。

それは、イギリスで出会った日本人とは違っていた。イギリスに住む日本人たちは、どこか静かで暗かった。

根無し草のように異国に住む者たちでも、お国柄ともいうべき土地の空気に無関係ではいられない。学生という気楽な身分でいた私にも、あの国の長い歴史や文化が重力と化して、覆い被さってくるようだった。重力の質や強さは違っていても、ヨーロッパやアメリカ、他のどの国でも、歴史や文化が確立された国々ならば似たようなものだろう。故国から出たとしても、土地の空気から完璧に脱却することなぞできやしない。また別の土地の重力下に入るだけなのだ。

ただ、バヌアツのような太平洋の常夏の島々の空気の重力はとても小さい。そこにも重力を醸しだす歴史や文化は存在するのだが、文字を持たず、竹を編んで作った壁に椰子の葉葺きの屋根といった恒久性のない家々に住んできたりしたせいだろうか、空気は軽くて、無重力に近いのだ。そんな無重力空間で、日本人たちも、宇宙遊泳を楽しむ宇宙飛行士さながらに、飄々《ひょうひょう》と漂うように生きている。

無重力の世界への窓であったラップトップを閉じると、私の意識は日本に引き戻された。

座っている居間のソファから、サッシ戸を隔てて庭が見える。手入れを怠るうちに、地面には雑草がぼうぼうと生えてしまっている。山茶花の生垣も、四方八方に枝が広がり、見苦しくなっている。どうにかしないといけないだろうなぁ、と思いながら、生垣の途切れるところに目を移して、どきりとした。

道路に面した庭の入り口のところに、治子が立っていた。長袖のスモックのような上着に、ズボンという姿で、こちらを窺っている。

何だろう……。

縁側に出ようと、ソファから腰を浮かせたところで、治子はくるりと踵《きびす》を返して、生垣の向こうに消えてしまった。

私は慌ててサンダルを突っかけて庭に出た。

「治子さん、治子さん」

声をかけながら道路まで走りでると、治子は肩を強ばらせて振り返った。

「あ、はい。こんにちは」

何をいっていいかわからないように、口早に挨拶してきた。

「うちに何か用があっていらしたんじゃないですか」

治子は気まずそうに頷いた。

「はい。渡橋先生から、こちらに伺って、きちんと説明しなくちゃいけないといわれたもので……」

「父の遺書の件ですね」

「すみません。追い立てるつもりはなかったんです。でも、少しでも早いうちにこの家を譲りうけたかったんです」

「どうしてですか」

治子はいいよどんだ。路傍で話すことを躊躇《ちゅうちょ》しているのかと考えて、「とにかく、うちにお入りください」と誘ったが、治子は渋った。

「家の中より……あの田圃のところで……」

治子が指さしたのは、父が世話していた田圃のある方向だった。

「いいですよ」と応じて、私は治子について歩きだした。

父の田圃の稲もまた、黄色く色づきはじめていた。治子は目を細めてその様子を眺め、田圃に向かって手を合わせてから、足許を指さした。

「見てください」

白い綿毛に包まれたたんぽぽが、雑草の間に頭を出していた。とっさに、何を示されているのかわからず、戸惑った。

「たんぽぽですね」

「ええ、たんぽぽです。でも、おかしいと思いませんか」

普通のたんぽぽは、茎には一個の花しか咲かず、綿毛の頭もひとつであるはずなのに、それは太い茎に幾つもの丸い綿毛の頭が突きだしていた。奇形のたんぽぽだ。先日、幹子叔母のところで見た巨大なひまわりを思い出した。

「ええ……」というと、今度は治子は地面を指さした。

「この蛙も見てください」

田圃の水路の側に、蛙がいた。きれいな青色をしている。

「黄色い蛙もいたりするんですよ。ピンクや紫のバッタもいるし。うちの畑の茄子《なす》なんて赤ん坊の手みたいにでこぼこしているのがあるし、キュウリもふたつくっついたままだったり、庭の露草に白い花が咲いていたりするんです。この前なんか、白い雀《すずめ》が電線に留まっているのを見ました」

放射能汚染による遺伝子異常という言葉が喉元まで出かかったが、先に言葉を発したのは治子だった。

「神さまがお怒りになっているんです」

「神さま……」

突然出てきた、神さま、という言葉に、私は戸惑った。

「何もかも……どこもかしこも、おかしくなっているんです。私にはわかったんです。そしたら、神さまの声が聞こえてきたんです。祈りなさいって。でも、息子の家だったら、頭が変になったと思われるし、一緒に祈りたいという人も出てきたし……。すみません。お宅を使わせてください。博介さんの家を使わせてください」

コップの水が溢れるように治子はまとまりなく言葉を口にして、何度も頭を下げた。

「つまり……祈るための場所が必要だということなんですか」

「そうです。そのためのちゃんとした場所が必要なんです」

「その話、父にいったのですか」

「はい。そしたら、この家を使ったらいいといってくれて、遺書に書いておくからと……」

生前の父は宗教心などさほどない男だった。時々、神棚に手を合わせ、仏壇を拝んだりしていたが、道で知り合いに会ったら挨拶する程度の神仏とのつきあいでしかなかった。

「父が、祈るための場所として、うちを提供するといったんですか」

納得できない気持ちで問い返すと、治子はこくりと頷いた。

「いつぽっくり死んでしまうかもわからないから、家のことは、遺書として残しておくといってくれたんです。田圃も加えたのは、死んだ後も私に米を作りつづけてもらいたいからだとおっしゃっていました」

「父は自分が死ぬかもしれないと思っていたんですか」

「はい。渡橋先生に、アオイロコに罹っていることを教えられていましたし、その前から、心臓がどきどきするとか、体がだるいとかいってました。それより何より、ここ数年、虫や鳥がめっきり少なくなったし、おかしな形や色のものが増えてきた。変なことになっている。花や虫や鳥たちに起きていることは、今に人にも起きるのじゃないかといっていました」

父は、環境の変化を感じていた。それが自分の身にも及ぶかもしれないと予感していた。だが、それを娘たちには告げずに死んでしまった。

遺伝子損傷とか低線量被曝症状といった、目に見えない放射能のもたらす災禍を知るための科学知識はなくても、見る目があれば、人は自然から何らかの異常事態が起きていると知ることができるのかもしれない。だがその予兆を察知するには、現代人はあまりにも自然から離れすぎている。そして、それを察知することのできる数少ない人々は、マスコミへのチャンネルなぞ持たず、生活の糧を得るために自然の中で汗を流すうちに異常を感じて密《ひそ》かに怯え、原因を探究することはせず、ただ祈るだけなのだろうか。

「祈れば……すべては元通りになると思っているんですか」

私はそう訊かずにはいられなかった。

治子は困ったように眉根を寄せて、口を突きだした。

「わかりません。ただ神さまにいわれたことをするだけで……。とにかく、祈らないといけないんです。だから、お願いします」

治子は糸の切れたマリオネットのように力なく何度も頭を下げながら、歩み去っていった。

選挙カーの声が風に乗って流れてくる中、私は家に引き返しはじめた。垂れた稲穂の海に小島のように浮かぶ二子島の集落の端に、私の生家は建っている。山茶花の生垣に囲まれた二階家だ。

なんの変哲もない、古ぼけた小さな家だ。床面積八十平方メートル程度の狭い空間でしかないのだが、私の記憶の中では、もっと広く感じられる。家とはそんなものだ。床面積では測れない広さがある。

母方の祖父母の家が常世原の隣の村にあった。子供の頃、よく遊びにいき、夏休みなぞは一、二週間、滞在したりもした。私が中学生の時に祖父は死に、一人暮らしとなった祖母もまた五年後には鬼籍に入った。私がロンドンのカレッジから戻って、隣村に家族と墓参りに行き、祖父母の住んでいた土地に立ち寄ったことがある。家屋は解体され、草に覆われた空き地しか残っていなかった。

家があったはずの小さな空間を前にして、私はしばし身動きできなかった。玄関、そして茶の間があり、客間、座敷と続いていた。雑草の中で目算すると、確かにその程度の規模だ。だが、子供の頃の記憶では、もっと大きかった。祖母に昔話を語ってもらった茶の間、姉とふざけて遊んだ客間、風呂場には五右衛門《ごえもん》風呂があり、浮き板に乗って足を踏ん張り、ゆらゆらと沈む感覚に、亀の背に乗って竜宮城に向かう浦島太郎を想像したりした。そこはひとつの宇宙でもあった。

住むということは、生活の記憶を場所に刻みつけることだ。その記憶が、その場をひとつの宇宙へと拡げる。家は、単なる雨露を凌ぐ箱から、ひとつの宇宙に変貌し、幼少期から思春期を育む子宮となるのだ。

大人になっても、その家が地球のどこかに存在することは、好きな時に自分を育んだ子宮に戻れるという安心感を与えてくれる。生暖かな羊水に浸り、いつかまた安心しきってたゆたっていられる日に戻れるという希望の寄る辺となる。

生まれ育った家や土地を失うとは、幼年時代から思春期を育んでくれた子宮に還る希望を失うことだ。

福島の原発事故で、家や土地から避難を強いられた人たちは、その希望を奪われたのだ。移った先が体育館や仮設住宅なのだから、なおさらだ。いくら政府が避難指示を解除しても、すでにその子宮は汚染されている。失われてしまったのだ。

稲穂の海に浮かんでいるように見える私の生家も同じだ。帰還困難区域ほどではないにしろ、きっと汚染されている。だから、姉の前で、セシウムまみれの土地なぞ要らないと啖呵を切ったのだ。

私はこれまで、どこで野垂れ死にしてもいいという気持ちで生きてきた。だからこそ出てきた言葉だった。なのに、生まれ育った家と土地が他人の手に渡り、失われるということが現実となると、動揺した。

私の覚悟なぞ、いざとなるとあてにはできないことが露呈してしまった。

自分の覚悟、信じていたこと、意識、思考……それらがあてにできないとすると、いったい何に信を置いていいのか……。

何にも。

心の底から、小石を蹴ったような乾いた音の返事が返ってきた。そして、そのことに愕然《がくぜん》として、私は足を止めた。

初秋のうららかな陽の中に家が佇んでいる。本来ならば、心の寄る辺となるべき、生まれ育った家。

この家を、私はすでに棄てたと思っていた。実の家なぞではない、両親の住む家に過ぎないと、心の中で呟いていた。そして、今では両親すら住まない、ただの空き家となってしまっている。私の見ている家は、すでに幻でしかなくなっている。

この家が祈りの場となる……。それもいいのかもしれないと思った。

IX　助けてください

ネットで、シドニー経由バヌアツ行きの航空券を予約購入すると、どっと疲れた気分になった。

日本からバヌアツまでは直行便はないので、ニューカレドニア、フィジー、ニュージーランド、オーストラリアのどこかを経由しなくてはならない。片道から格安航空券が買えるジェットスター航空を利用すると、どうしてもオーストラリア経由となる。シドニー行きの予約をして、それに合わせてバヌアツ航空の乗り継ぎ便を調べて予約しないといけない。

細かな注意事項や日付や時間を確認しながら、ネット画面での購入を進めていくには神経の集中が必要だ。父の持っていたプリンターに私のラップトップを接続して、電子チケットを印刷すると、はあっ、とため息が出た。

出発は十日後の九月二十四日だ。

そして、もうこの家に帰ることはない。

この家を失えば、日本に戻ることもぐっと減るだろう。どこかで日本と決別するような気持ちにもなっていた。

起き抜けにパソコンに向かって手配したので、空腹を覚えた。朝食には遅くなったが、何か食べようと、台所に行って冷蔵庫を開けると、うどん玉と豚肉があった。これで焼きうどんでも作って、昼食兼用にしようと、残りものの野菜も取り出した。

肉と野菜を刻みながら、最近、スーパーで買い物をしても、以前のように目くじらを立てて産地を確認しなくなっているなぁ、と考えた。肉や魚、牛乳や野菜の産地は一応、確認しているが、うどんや豆腐の原料まではいちいち確かめないで、買い物籠に放りこんでいる。

放射能汚染なぞ、もう消えてしまったかのような周囲の人々の意識が、私にまで伝播《でんぱ》してしまったのか。日本に戻って三週間過ぎただけで、危機感が薄れてしまった。それどころか、あまりにも平穏な日常の光景に、ほんとうは、原発事故による汚染なぞたいしたことではないのかもしれないという思いすら芽生えはじめている。

食品の汚染は問題にならないほど微量で、騒ぐほどのことではないのではないか。チェルノブイリで起きたように、被曝で健康な子供は二割しかいなくなるとか、癌患者が増えるとか、大勢の者がさまざまな形で健康を害するとかいう話は大袈裟《おおげさ》すぎるのかもしれない。汚染なぞ気にすることはないという姉の態度こそ普通であり、私は神経症的に怯えすぎていたのかもしれない……。そんな考えが頭をもたげてくる。

しかし、ネットの原発事故関係のサイトを覗けば、冷水を浴びたように意識は変わる。福島だけでなく関東全域で突然死が増えている。長距離バス運転手の居眠り運転や交通事故の急増は、被曝による脳神経系障害ではないか。福島原発から高濃度の汚染水が毎日海にだだ洩れしていて、北半球の海は今にすべて汚染されるだろう。今度、大地震があったならば、福島第一原発の三号機や四号機の建屋は瓦解して、さらに大規模な放射能汚染が起きる。関東は全滅だ……。

ほんとうだとしたら、関東にいる者は、結局、逃げるしかない。しかし、たいていの人は逃げることなぞできない。家のローンはある、仕事はある、移住しても、どうやって生きていけばいいかもわからない。だから、忘れるしかないのかもしれない。

人は、危険だと認識しつつ、その場に踏みとどまり続けるほど強くはない。危険だと知れば、逃げるのが本能だ。逃げられないとなれば、危険を無視する。危険を告げる情報に頑なに目と耳を閉ざし、忘れようと努める。忘却とは、自己防衛本能のひとつなのだろう。

だけど、もし、その危険な情報が杞憂《きゆう》に過ぎないのだとしたら……。

焼きうどんを皿に盛り、冷やした麦茶と一緒にテレビの前に置いた。堂々巡りの思考にうんざりして、テレビの電源を入れる。とたんに騒がしい話し声が弾けてできた。

野外のバーベキュー施設で、焼き肉が煙を上げている。金髪のお笑い芸人のようなレポーターが割り箸片手に、この町の名物のナントカ牛だと早口でまくし立ててから、ぱくりと茶色の肉片を食べた。

「あーっ、うっ、美味いっ」

喉を詰まらせるようにして叫ぶ。

毎回、少しずつ、美味いという時の表情や言葉を変えなければならないだろうから、大変だろうな。この人は何種類くらいの表現レパートリーがあるんだろうと考えながら、私は焼きうどんを口に入れ、とたんに顔をしかめた。口内炎はますますひどくなり、食べ物があたると焼けるように痛い。頭を傾げて、食べるしかない。

スタジオにいるコメンテーターたちの顔が映っている。みな一様に目を細めて、焼き肉を食べるレポーターをモニター画面で眺めている。

その町には温泉もあるらしく、温泉宿の女たちがお揃いの着物姿で現れて、野菜の籠を手にして、「みなさん、おいでください、美味しくて新鮮な野菜もいっぱいです」と声を揃えていた。

食への情熱でひとつになる国民。

そんな言葉が頭に浮かんだ。

東南アジアのエビは日本にごっそりと輸出され、地元の者たちの口には入らなくなったと聞いたことがある。不景気だ、リストラが増えたというわりには、デパートの食品売り場やレストランは賑わっている。先日行った笹原市の居酒屋でも、テーブルに載りきれないほどの料理が並び、残されていた。

この飽食の国で、食の安全が脅かされた。農薬や化学添加物などというヤワなものにではない、放射性物質によってだ。運命の皮肉というものだろうか。そして、それを乗り越える方法がこれまた「食べて応援」ときている。

そんなことを考える私自身、口内炎によって食べることに苦痛を覚えている。何がどう関係しているかわからないが、すべては食に集約されていくような気がする。

食器を洗っていると、家の電話が鳴った。

台所にある電話の受話器を取る。

「伊都部彩実さんですか」

性急な女の声でそう訊かれた。

「はい、そうです」

「私……饗庭です……饗庭加菜です。先日、役場でお会いした……」

「ああ、加菜さん。あれから気になっていたけど……」

また会おうといいながら、そのままになっていたことを思い出して、少し後ろめたく感じつついった。

「助けてください」

私の言葉を遮るようにして迸《ほとばし》った加菜の声に、私はどきりとした。

加菜に指定された国道沿いのファミリー・レストランは、大竜川の橋を渡ったところにあった。常世原の駅や役場のある中心地とは反対側の岸辺で、県境の手前だった。八島からはさほど遠くないところとはいえ、自転車では大変な距離だ。父が使っていた軽自動車に乗って、レストランに急いだ。

加菜の口調はとても慌ただしく、困り果てているようだった。どうしたのかと訊いても、詳しいことは会って話すというだけだ。何か面倒な事情がありそうだった。

赤い屋根の洋館のレストランの駐車場には、平日の昼前だけに停まっている車は少なかった。入り口の自動ドアを抜けて、まばらに埋まった客席を見回していると、白いレースの掛かった窓際のボックス席で手が挙がった。

加菜はマスクは外していた。傍らには十歳くらいの女の子を連れている。加菜に似て、おでこの出た愛らしい子だった。女の子はホットケーキのひと切れをフォークで刺して、頬ばっていた。

「ああ、よかった。来ていただいて、ありがとうございます」

加菜は泣きそうな顔でいった。この前会った時とは違い、今日は化粧もせずに、着ているものも、ジャケットにジーンズというくだけた格好だ。

「どうしたの、いったい」といいながら、椅子に座ろうとしたが、加菜は娘を目で示して、「あちらで」と隣のボックス席に視線を移した。子供には聞かれたくない話らしい。

私たちはテーブルを替え、加菜はアイスコーヒーを、私はホットを注文した。ウェイトレスが立ち去ると、加菜は早口の小声でいった。

「病院に行って、甲状腺のエコーを撮ってもらったんです。娘に二ミリののう胞が見つかりました。私も検査してもらったら、四ミリの結節があるといわれました」

福島の子供たちの三分の一に甲状腺の異常が見つかったというニュースは知っていたが、まさか、ここでも同様のことが起きているとは思わなかった。ホットスポットのある土地だ、想像すれば、簡単に思い至ることなのに、そこまで考えを巡らせることを拒否していた。

「それで……」

何といっていいかわからず、先を促した。

「夫に話したんですが、良性なので、今のところは経過観察でいいというお医者さんの診断を聞くと、だったら、問題ないじゃないか、とあっさり躱されました。甲状腺異常が、他の体の不調の前兆だったりするのに、まったく理解してくれません」

冷静でいようと必死で努めているのが、硬い口調から伝わってきた。飲み物が運ばれてきたが、加菜はアイスコーヒーには見向きもせずに続けた。

「娘は最近しょっちゅう病気するんです。この前、中耳炎に罹って、それが治ったと思ったら、今度は手足口病。免疫力が低下しているのだと思います。でも、それを夫にいっても、気のせいだと取り合ってもらえません。このままでは、娘の健康は損なわれます。白血病や癌になるかもしれない。もうこの町にはいられません。娘を連れて台湾に行くことにしました」

突然出てきた台湾という言葉に絶句した。

「台湾って……知り合いでもいるの」

「大学時代の友達が結婚してそっちに住んでいるんです。台湾でも反原発の運動があって、それに興味を持っていると聞いたので、相談したら、こっちに来たら、といってくれたんです。生活費も安いし、親日的だし、住みやすいところだから、来たらなんとかなる、って。震災後、福島から避難してきている人たちもけっこういるらしいし」

「だけど、何も台湾でなくても……。関西とか沖縄とか……」

「瓦礫焼却が始まって以来、日本のどこにいてももう安全じゃありません。全国に出回っている食品だって、安心できませんし。原発は日本中、至るところにあり、政府は再稼働を進めていますから、次にいつどこで大地震がきて、事故が起きるかわからない。国も自治体も学校も、夫も舅《しゅうと》も姑もあてになりません。実家の両親ですら、事を荒立てるな、放射能の汚染なんかもうないというだけです。誰も頼れません、娘を守るのは、母親の私しかいない、娘を連れて逃げるしかないんです」

加菜はテーブルの上の一点を睨みつけるようにして、ぶちまけるように話した。時折、私をさっと見るが、その視線は刺すように強かった。

「それじゃ、台湾行きは旦那さんやご家族には……」

「何もいっていません。いえば、止められるに決まってます」

「でも、これまで海外で暮らしたことはあるの」

「大学の時、アメリカでホームステイしたことがあるくらいです。でも、海外旅行はよく行きましたから。娘も去年、家族でハワイ旅行して、海外は初めてではないですし」

旅行するのと、暮らすのとは違う。海外に住むのは、簡単なことではない。個人として肩肘張って生きていく覚悟が必要なのだといいたかったが、そんな言葉を聞いて、思いとどまるものとも思えなかった。

私が最初にイギリスに住みはじめた時だって、生半可な覚悟では駄目だと聞いたとしても馬耳東風だっただろう。

「それで。いつ向こうに行く予定にしているの」

「今晩です」

「今晩っ」

私は、買い物に出ただけのような加菜の格好を眺めた。

「荷物はあそこに置いています」

加菜はレジのところを指さした。入ってきた時には気がつかなかったが、そこには大きな白いスーツケースが置かれていた。

「ほんとに、ご家族には何もいわないで出発するつもりなの」

「成田から電話をかけようと思っています。今朝、夫が勤めに出てから、舅と姑に、娘を学校に送って、そのついでに友達と会ってくる、帰りは夕方になるからといって、家を出ました。娘が手足口病になってから、ちょくちょく車で学校まで送り迎えしているんで、不審には思われませんでした。スーツケースは昨夜《ゆうべ》のうちにこっそり車に積んでおいたので、そのまま娘と一緒に笹原市まで行って、東京行きの長距離バスに乗ったんです」

まるでサスペンス物のテレビドラマのようだ。私は、もう温くなってしまったコーヒーを飲んで訊いた。

「バスに乗ったのに、どうして、こんなところにいるの」

加菜は悔しそうに顔を歪めた。

「パスポート、家に忘れてきてしまったんです。娘のパスポートはちゃんと持って出たんですけど、肝心の私のを置いてきてしまって。慌てて、バスを途中下車しました」

いわれてみれば、このファミリー・レストランの前に、長距離バスの停留所があった。笹原市近郊の最後の停留所で、バスは県境を越えてから高速に乗り、一路、東京に向かうことになる。

それにしても、パスポートを忘れるとは。致命的だ。私はまじまじと加菜を見つめた。夫や義父母の目を盗んでの海外脱出に、よほど動転していたのだろう。

「車は、笹原市の長距離バスの乗り場の駐車場に置いてきました。鍵は成田から郵送するつもりでした。パスポートを取りに、家に戻らないといけないんですけど、タクシーで戻るにしろ、スーツケースと子供を連れていたら目立ってしまいます。嫁ぎ先は農家をしていて、舅も姑も今頃はお昼を食べているはずです。娘と家に戻ったりしたら、学校はどうしたのかと不審に思われます。それに、娘にはもう話してしまっているので、お祖父《じい》ちゃんやお祖母ちゃんに、外国に行くんだといいかねません。それで、すみませんが、ここで娘と一緒に待っていてくださいませんか。一時間もかかりませんから。お願いします。他に頼める人はいないんです」

加菜は肩を縮こまらせて、何度も頭を下げた。

夫に無断の海外への逃避行に加担するのは気が進まなかった。しかし、無下に断るわけにもいかない。

「長距離バスを降りたんでしょう。台湾行きの飛行機に間に合うの」

予定延期になればこの役目から逃れられると、淡い期待を抱きつつ訊いた。

「二時間後の東京行きのバスに乗っても間に合います。東京から成田行きの空港リムジンに乗り換えないといけないので、たっぷり時間の余裕を見ていたんです」

ため息を堪えて、「わかったわ」と答えた。加菜の顔が安堵に溶けそうになった。

「じゃあ、今すぐ取ってきます」

腰を浮かしかけた加菜に、よかったら、私の車を使えばいいというと、涙ぐむほど感謝された。娘におとなしく待つように言い聞かせた加菜と一緒にレストランの外に出ていき、駐車場に停めていた父の車に案内すると、鍵を手渡した。

「慌てないでいいから。脱出前に事故なんか起こしたら、元も子もないしね」

加菜は白い歯を覗かせて笑った。

「生き延びるために命縮めちゃ、しょうがないですね」

X　災禍の予兆

割り箸、スポンジ、天ぷら敷紙……。

プラスティック製の買い物籠に、次々と百円ショップの商品を入れていく。ネットで格安航空券を手配して、バヌアツに戻ると決めると、あれこれとその前に支度しておかなくてはならないことが生まれてきた。生活必需品の買い出しもそのひとつだ。

海外で暮らしはじめると、日本の日常生活用品の良質さに気づかされる。ラップのビニールは破れないし、缶切りはよく切れる。ステンレス製束子《たわし》は長持ちする。バヌアツにも安価なアジア製品が多く出回っているが、なんといっても、日本製の確かさ丈夫さ、使い勝手の良さに敵わない。しかも百円という安さだ。

姉から笹原市内にも百円均一ショップができたと聞いて、買い出しに出てきたのだった。

パスポートを取ってきた加菜と、東京行き長距離バスの乗り場で別れたのは、三日前のことだった。その後、無事、台湾行きの飛行機に乗れたかどうかわからない。向こうで落ち着いたらメールを出すといっていたが、もっと先のことだろうと踏んでいた。

一万円ほど買い物して、レジを出たところで時計を見ると、すでに二時を回っていた。私は急いで店の建物を出ると、商店街を歩きだした。

アーケード街に、夏のクリアランスセールの呼び込みが声高に響いている。盛んにお喋りしながら三人連れの主婦らしい女たちが歩いている。幼い子をベビーカーに乗せた若い母親。ショーウィンドーの前で腰を伸ばすついでに商品を眺めている老人。せかせかと通りすぎる営業マンらしいスーツ姿の男。

平穏無事を絵に描いたような鄙《ひな》びた地方都市の繁華街の雰囲気だ。この光景は、この地に暮らすことに怯え、海外に脱出する加菜のような者の存在を頑なに否定する。

しかし、海外移住者が増えているのは事実だ。加菜の台湾行きの後、気になってネットで調べると、海外に長期滞在したり、生活の本拠地を移した日本人の数は、福島原発事故以降、急増しつづけているらしい。事故に責任があるはずの東京電力の幹部たちまで、大勢海外移住しているという情報も流れていた。

だが、日本を抜けだしていく人々は、有名人でない限り、加菜のようにひっそりと消えていく。見かけは何も変化がないように見える。だが、この日常風景の映像は、微《かす》かであるけれど、着実にひび割れはじめているのだ。

そういえば、トモヤはどうなったのだろうと思った。東京に向かうトモヤと別れた翌日、彼の借家に戻り、自転車を取ってきた後、携帯に電話してみた。留守電になっていたので、どうなったか、教えてくださいというメッセージを電話番号と共に残しておいたが、一週間近く過ぎても何の連絡もない。

イルミナティの脅迫とは本当だったのか、ただの家宅侵入事件に過ぎなかったのか、気にかかっている。

商店街のドラッグ・ストアの角を折れ、裏通りに入ると、『土谷歯科』という看板が見えた。バヌアツに戻るとなると、一度、歯医者に行って、診察してもらっておこうと考えた。虫歯があるか調べておきたいし、歯石の除去もしておきたい。なかなか治らない口内炎のことも相談したかった。頬の内側の粘膜にある白っぽい炎症箇所にケナログを塗っていたのだが、このところ鏡で見ると、舌にも白っぽいものができていて、不安になっていた。おまけに、食べる時だけでなく、時に何もしていなくてもずきずき痛み、頭痛まで覚えるほどになっている。

バヌアツの病院やクリニックときたら、離島の診療所めいたものでしかない。歯医者に至っては、いるかどうかもわからないような国だ。「この国は楽園だよ、健康な間はね」。以前、アンディの友達のオーストラリア人が笑いながらそういっていた。

いい歯科医院はないかと姉に訊くと、この土谷歯科を薦められた。笹原市に古くからある歯科医院だが、最近、息子に代替わりして、内装も替えて良くなった、息子の腕もいいという。

歯科医院に着いたのは、予約の二時半きっかりだった。ちょうど前に治療を受けた人が受付で料金を支払っているところで、私は待つまでもなく、治療室に通された。微かにクラシック音楽の流れる心地良い白い空間だ。患者用のリクライニングの椅子に座り、三十そこそこに見える若い歯科医に、口内炎の症状を訴えた。

歯科医は私の口内を調べてからいった。

「舌に腫瘍ができていますね」

腫瘍と聞いて、どきりとした。

「良性ですか、悪性ですか」

「生検でもしない限り、なんともいいかねます。大きな病院で見てもらったほうがいいでしょう。県立医科大学の付属病院に口腔《こうくう》外科がありますから、紹介状を書きましょう」

それから、歯の状態を調べて、特に虫歯はないので、一応、歯石を取ることになった。リクライニングの椅子に横になって、歯石を取る機械のキィインキィインという音を聞きながら、腫瘍という言葉がサンドペーパーのように私の内部をこすっているのを感じていた。

土谷歯科で県立医科大学付属病院への紹介状を書いてもらい、スーパーで買い物し、父の軽自動車を運転して帰途に就いた時には、もう夕方近くになっていた。

家の前まで来た時、門の横に緑色の軽ワンボックスカーが停まっているのに気がついた。修理関係の人の車だろうかと考えながら、門の横の道路に面した車庫に車を入れた。

車から出て、後部のハッチを開き、買い物袋を取りだしていると、表のほうでバタンとドアの閉まる音がした。道路に停めていた車からだなと思いながらハッチを閉めると、車庫の表から、「伊都部さんですね」という声がした。

「はい」と答えつつ、買い物袋を手にして道路に出ていくと、三十代に見える小太りの男が立っていた。五分刈りにした頭と太い眉と丸い小さな目が、ガキ大将のような印象を与えている。

「私は饗庭です。饗庭加菜の夫です」

男は強ばった口調でいった。

内心、あっ、と思った。

理解がないと、加菜がこぼしていた夫。

何といっていいかわからないでいると、饗庭は私を睨みつけた。

「加菜と娘がどこにいるか、知っているんでしょう。教えてください」

「知りませんよ」

「そんなはずはない。加菜が娘を連れて失踪する前、あんたに会ってたのは、わかっているんだ」

加菜が東京行き長距離バスに乗る前、私と話していたところを見た者がいたに違いない。狭い町だけに、私のことも、加菜のことも知っていたのだろう。その話が、加菜の夫の耳に入るのは時間の問題だったのだ。

加菜は台湾に発ったはずだし、今更、隠す必要もないだろうと考えて、私は正直に答えることにした。

「ええ、電話で呼びだされて、国道沿いのファミリー・レストランで会いました。ちょっとの間、娘さんと荷物を預かっててくれと頼まれたんです」

「忘れ物をしたといって、一度、家に戻ってきたんだろう。両親がいっていた。それから、どこに行ったんだ」

「一時間ほどして戻ってきて、東京行きの長距離バスに乗りました。私が知っているのは、それだけです」

「ほんとに、それだけか。隠れ場所を知っているんじゃないか」

「知りませんよ。あの日、別れたまま、連絡はもらっていません」

饗庭は相変わらず私を睨みつけながら、鼻の穴を膨らませて、大きく息を吸った。

「加菜は、あの晩、家に電話してきて、今、成田で、これから外国に飛ぶといった。だけど、まだ東京に隠れているかもしれない。ほんとうに知らないのか」

「東京にいるはずはありません。放射能汚染から逃げるために、町を出るといってましたから。海外に避難したのは、ありえる話です」

加菜が台湾の名を出していないのは、行き先を知られたくないからだろうと、私も黙っていることにした。加菜の夫の視線に、憎しみが増した。

「あんたも反原発の仲間なんだろう。加菜の頭にあることないこと吹きこんだんだろう。おかげであいつは、空気や土が汚染されているだの、食べ物が危ないだの、病気になるだのいいだして、挙げ句の果てに娘を連れて、行方をくらましてしまった。あんたのやっていることは、とんだはた迷惑なんだ」

「私は反原発の運動なんかしていませんよ。それに、私が加菜さんと会ったのは、二度しかないんです。あることないこと吹きこむ暇なんかなかったですよ。娘さんを連れてどこかに行ったのは、加菜さん自身の考えでやったことでしょう」

饗庭の横柄な言い方にかちんときて、私も強い調子で言い返した。

「いいや、あんたは何か隠しているはずだ。加菜がこの町を出る直前に会ったんだ。何かいったはずだ」

「いいましたよ、家族の人たちは理解してくれないから、娘を守るのは自分しかいないって。だから、加菜さんは何もいわずに消えたんです。それ以上のことは知りません」

饗庭は頬を膨らませて、私をまたも睨みつけ、一呼吸していった。

「あんたは海外に住んでいると聞いた。加菜が海外に逃げたのなら、きっとあいつを助けたはずだ。俺は、加菜を、子供を誘拐したと警察に訴えるつもりだ。あんたも誘拐を助けたとして共犯に問われるぞ」

私に指を突きつけて脅すと、饗庭は踵を返して自分の車に戻り、立ち去っていった。


翌朝早く、私は家を出て、大竜川沿いに上流のほうに車を走らせた。土谷歯科の紹介状を持って、県立医科大学付属病院に行くためだ。

昨日、病院に電話をして予約を入れると、今朝の九時を指定されたのだった。行くのは初めてだが、地図で確認すると、大竜川をどんどん遡《さかのぼ》っていけばいいようだったので、川沿いの県道をひたすら走っていった。

九月も半ばを過ぎて、暑さも薄まり、空気は透明さを増しつつあった。川沿いの田圃には稲が黄金色の海のように広がっている。

このところ煩《うるさ》い選挙カーもまだ走っておらず、気持ちのいい朝ではあったが、饗庭の捨《す》て台詞《ぜりふ》が、私の心に、水に投げた石のように沈んでいた。

ほんとうに加菜を誘拐罪で訴えるつもりだろうか。

荷物と子供の守りをしていただけで、私まで共犯だというには無理があるが、いずれにしろ不穏な話ではある。事件の参考人として、出国禁止を命じられる、なんてことにはならないだろうなぁ、などと要らぬ想像までしてしまう。

道路脇に、笹原市域に入ったことを示す標示が現れた。町から市に変わっても、田圃の続くのどかな光景は同じだ。大竜川の広々とした河川敷は陽光に包まれて明るい。

その明るさに、バヌアツの空と海を連想した。後一週間もすれば、あの島国に戻るのだ。治子に、二子島の家を渡したら、私にとって家と呼べるのは、バヌアツの今の借家だけとなる。

それを考えると、アンディと一緒に住んでいた海辺の家を手放したのは残念だ。三年も住み、庭の手入れもして、愛着もあった。

もう一度、家を手に入れたい。

ハンドルを握りながら、そんな考えがぽかんと浮かんだ。

別にバヌアツに永住する覚悟はない。かといって、この先、日本に戻るつもりでも、他の国に移住したいわけでもない。

どこでもいいのだ。あのような南の島の海辺にでも、小さくていいから、家を持ちたい。

三年間、住んでいた家を売って、アンディと折半したお金はまだ銀行に置いてある。バヌアツに戻ったら、不動産屋を覗いてみようか。もしかしたら、安い土地が売りに出ているかもしれない。そこに小さな家を建てるのも、夢ではないかもしれない。

先の小高い丘陵地に白い建物群が見えてきた。『県立医科大学付属病院』という道路の標示板も現れた。それに従って緩やかな坂道を上がっていくと、ゲートがあった。同じ敷地内に医科大学もあるせいだろう、学生用も兼ねて、広大な駐車場がある。

まだ朝早くて、駐車場はがらがらだった。ゲート近くのスペースに車を停めて、正面玄関らしい、車寄せのある建物に向かった。

病院の建物の隣には、教室棟や学生会館や図書館らしい時計台のついた建物が続き、緑の芝生の上や噴水前のベンチには、学生の姿がちらほらと見える。寝起きのぼんやりした顔の若者がふらふら歩いているかと思えば、ぴちぴちした肌と肉体を晒した娘が二人、笑いながら建物に向かっている。フェンスの向こうの運動場では、早朝ジョギングをする運動部員らしい男が黙々とトラックを回っている。イギリスのカレッジに通っていた時代を思い出した。

先のことも、これまでのことも何も考えずに、夢中で過ごしていた日々。将来、どんな仕事に就こうか、どうなるだろうか、などということは、遠くの空に浮かぶ雨雲程度の懸念でしかなく、とにかく今を生きることで充実していた。若かったから、というだけではない。異国にいたからだ。目に映るもの、耳に入るもの、すべてが刺激的で、毎日が冒険のようだった。

このキャンパスの学生たちもまた、何の屈託もなく、今を生きているように見える。しかし、ほんとうにそうだろうか。彼らは、原発事故の続く日本の現状をどう感じているのだろうか。

福島原発から発生する高濃度汚染水は、敷地内で溢れかえり、海に流れつづけている。タンクやパイプからの漏洩《ろうえい》も、あちこちで起きているらしい。昨日のネットには、福島の子供の甲状腺癌の発見件数がまた増えたというニュースが流れていた。

着実に鼓動を続ける心臓のように、原発事故は息づき続け、今、この日本に住んでいる誰よりも長生きして、その災禍を浸透させつづける。そんな病巣を抱えた国で、どのような未来像を描けるというのか。

そう考えると、キャンパスですれ違う学生たちの顔に、どこか暗い影がさしているようにも思えてくる。しかし、それはただ単に、私の中に居座る不安の投影に過ぎないのかもしれない。

この国は、今や、その気になれば、至る所に災禍の影を見いだせる場所となってしまった。

逃げなくては、と思った。

この災禍が、私をわし摑みにしてしまう前に。

ウーウーウー。

朝の空気を切り裂くようにして、サイレン音が響いてきた。

振り向くと、病院前の道路を赤いランプを点滅させながら、救急車が通りすぎていくところだった。正面玄関とは別に、急患用の出入り口があるのだろう。

その音は、私の中に不穏な波を掻き立てた。いつもならば、救急車のサイレン音は、遠くの雷鳴ほどの気持ちで受け取るのだが、今朝ばかりは、私の中で鳴っているかのような気持ちにさせられた。

病院の裏手のほうにサイレン音が消えてしまうと、私は病院の正面玄関の中に足を踏みいれた。


「悪性腫瘍ですね」

私の舌の様子を診察してから、口腔外科の医師はカーテンで仕切られた診察室の中で淡々といった。

あの禍々《まがまが》しいサイレン音のせいだ、と咄嗟《とっさ》に考えた。理不尽なことはよくわかっていたが、何かに原因をなすりつけないではいられない衝動に突き動かされた。

いった。
自分に対する意地悪か、何ともいいがたかった。医師は答え辛《づら》そうに、「そうです」と
故意に柔らかな表現をした医師に、私は意地悪く確認した。医師に対する意地悪か、
「つまり、癌ということですか」

舌癌。もしかすると、その可能性もあるかもしれないとは思っていたが、まさか、そんなことが私の身に起きるはずはないと打ち消していた。ほんとに癌だというのか。信じられなかった。


「だけど、まだ生検もしていないでしょう。確定的ではないのではないですか」

「生検にはこれから出しますが、九割方、いや九十八パーセント、そうだと思います」

四十代初めとおぼしき、頭の禿《は》げかかった丸顔の医師だった。少し自信がなさそうに、小さな目をぱちぱちと瞬かせながら話す。しかし、長年の臨床医としての経験から出た判断なのだろう。九十八パーセントというのは、ほぼ確実に癌ということだ。


まだ死にたくはない。死ねない。

そんな想いが、心の底から噴きあがってきた。

家を持つつもりだったのだ。それも叶《かな》ってはいないではないか。人生、まだまだ、やり残したことはたくさんあるではないか。

「ご家族は近くにおいでですか」

「両親ともに亡くなりました。姉が常世原に住んでいますけど」

「そうですか。一ヶ月半から二ヶ月の入院治療となります。まだ初期ですから、抗癌剤の必要はなく、腫瘍の部分を切除する手術となるでしょう。早速、入院しますか」

選択の余地はなかった。早期発見、早期治療が、癌治療の鉄則であるのは、私だって知っている。医療環境の整っていないバヌアツで治療することは考えられない。出発は延期にするしかなさそうだった。

「すぐに入院したいと思います」

「それでは明後日から入院としておきましょう。今日は、これから血液検査など基礎的な検査をしていただきます。一階の総合受付に、入院案内の書類がありますので、それをもらってお帰りください」

立ち去ろうとした私に、医師は穏やかな笑みを浮かべていった。

「がんばりましょう」

口下手らしい医師の精一杯の同情の言葉だったのだろうが、私は瞬間的に激しい反発を覚えた。

がんばる。頑張る。顎を張って、歯を食いしばる。その悲壮感や使命感の漂う表現は、人を緊張させ、強ばらせ、柔軟性を失わせる。事態をドラマ化して、美談に持ちこむための地ならしの言葉だ。

頑張らなければならないほどのことなのか。初期なのだろう。体が変調をきたし、それを治療する。単にそれだけのことではないか。ご大層なかけ声なぞ要らない。淡々と運命を受け入れ、その困難を乗り越えていく自分自身の気持ちだけで充分だ。

私が福島の被災者で、「がんばれ、福島」といわれたら、むちゃくちゃ怒るだろうなぁ、と考えつつ、血液検査の窓口に向かった。

「えっ、癌……」

診断を下された次の日、県立医科大学付属病院に入院すると知らせると、姉は一瞬、絶句したが、すぐに大きくため息をついた。

「どこもかしこも癌だわね。お義父さんなんか、去年、前立腺癌だっていわれたけど、もう歳だから進行は遅いんで、寿命のほうが先に来るからいいんだって。道治さんの叔母さんも、この前、腎臓癌で高橋病院に入院したし、お隣の石田さんも胃癌だって聞いたばかりよ。だけど転移もないんで、切ればいいだけだって、笑ってたわ。あんたも初期なんだし、その程度なんじゃないの」

癌の宣告は、十年も前ならとても深刻な事態として受け取られたかもしれないが、今では二人に一人が人生において一度は癌に罹るのだといわれているほどに、かなり日常的な病となっている。下手すれば命を奪われる恐ろしい病には違いないが、早期発見、早期治療で完治する例も多いということで、以前ほどの衝撃的な受け取られ方はされなくなっているのだろう。

「それで明日の入院に、連帯保証人のサインが必要なの。記入してもらえるかな」

なるだけ他人に頼み事はしたくないと考えている私は、躊躇いがちに書類を差しだした。病院からもらってきたパンフレットで、入院にはそんなものが必要だと初めて知った。患者が治療費を払えなかった時のための用心なのだろうが、未成年者扱いされているようで腹立たしい。とはいえ、連帯保証人のサインがなければ入院もできないとなれば、仕方なかった。

姉は軽く頷いて老眼鏡を掛けると、近くのペン立てからボールペンを引き抜いた。

そこは、姉の家の物置を改造した作業場だった。道の駅で販売する手作り弁当の炊事場として使われている。十畳ほどのセメント打ちの土間に、大きな作業台と流し台、業務用の大型のガスレンジや、どこかの家の中古らしい大きな冷蔵庫が置かれている。

姉は、知り合いの主婦四人と一緒に弁当作りをやっていて、私が顔を出した時は、ちょうど今日の仕事も終わったところだった。自宅に帰ったり、弁当を道の駅に持ちこんだりする仲間たちを見送っていた姉に作業場に招きいれられ、入院のことを告げたのだった。

身内の入院にも、癌の宣告にも、慣れたような姉の態度に肩すかしを食らった気分で、私は広い作業台の前に座って、姉が書類を書くのを見守っていた。

「明日、病院まで送っていこうか」

印鑑を捺したところに息を吐きかけながら、姉はいった。

「そうしてくれるとありがたいわ。入院は一ヶ月半から二ヶ月くらいになるというの。そんな長い間、病院の駐車場に車を置いておけないものね」

「バヌアツに戻るのは、当然、延期したんでしょ」

「今朝、チケットを先に延ばしたわ。退院後すぐに飛行機に乗るのも大変そうだから、半月の余裕を見て、十二月の半ばの便に変更しておいた」

姉は太った顔に皺を寄せた。

「年明けまでいたらどうなの。手術の後、無理しないほうがいいんじゃない。水が変るとよくないっていうでしょ、海外なんかに長く暮らしているから、癌に罹ったのかもしれないし」

何の根拠もなく、癌の原因を、私の外国暮らしと結びつける理不尽さに、私はむかっとした。だから、姉に頼み事なんかしたくなかったのだ。できれば、癌に罹ったことも、入院のことも隠しておきたかった。しかし、連帯保証人を頼んだ以上、下手《したて》に出るしかない。

「できるだけ早く向こうに戻りたいのよ。留守宅も心配だし、第一、退院しても、あの家に戻るわけにはいかないでしょ。治子さんに明け渡すことになっているんだし」

「あんた、治子さんのいう通りにするつもりなの」

姉の顔はますます露骨に歪み、ふと鬼を連想した。

二十代の頃は美人で通っていた姉だが、三十歳を超してから太りはじめ、締まりない肉が全身を覆い、今では別人のようだ。若い頃は、張りのある肌で隠されていた内面が、歳を取ると露骨に顔に出てくる。憎悪や嫉妬が情け容赦もなく表情に反映される。

「いう通りにするも何も、ちゃんとした法的手続きを経た遺言なんだから、仕方ないでしょう。明日の入院時に家の鍵は渡すつもりにしているわ。スーツケースだけ、退院まで置かせてくれと頼むつもりよ」

「明日、もう明け渡すっていうの」

「だって、一ヶ月の間に明け渡すようにいわれているんだもの。入院したら、少なくとも一ヶ月半は出られないんだし、他に方法ないじゃない」

姉は不満げに一瞬黙ったが、すぐに平手で作業台を叩いた。

「そうだ、癌を理由にして、家の明け渡しを退院するまで待ってくれといえばいいじゃない。退院してからは、癌だからといって、家に居続けるの。まさか、病人を家から追いだすわけにはいかないでしょう」

私の癌を、家を渡さない言い訳に利用しようとする姉にあきれて、「あのね、私は退院したら、すぐにバヌアツに帰ることにしているのよ」と語調を強めた。

「だから、向こうに戻るのは延期すればいいじゃないの」

「遅かれ早かれ、あの家は治子さんに渡さないと駄目なのよ、姉さん。厭だったら、不服申し立てでもして、治子さんと法廷で争ったらどうなの。私はごめんこうむるわ。時間を無駄にしたくはないもの」

姉はむっとしたように黙ったが、突然、「あっ」と叫んで、口を手で覆った。

「厭だ、忘れてた、お父さんの四十九日。再来週じゃないの。法事、どこでやるのよ」

熟睡していたところを乱暴に揺り起こされたように、私の反応は鈍かった。

四十九日……法事……。そうか、父が母の死に当たって購入した常世原霊園への納骨も、初七日の法事も、葬式当日に一緒に済ませていたが、死の儀式は、葬式で終わるものではなかった。母の死後に続いた四十九日や一周忌、三回忌などの法要のことが思い出されてきた。

「もう本位牌の手配は、仏具屋さんに頼んであるし、貴勝寺にも法要の日にちは伝えてあるのよ」

姉は私を詰《なじ》るように口を尖らせた。

父の白木の仮位牌は、家の奥の間の仏壇に母や先祖の位牌と共に置かれていた。そこは父の生前の寝室だったところで、私は掃除の時にしか足を踏みいれない。父の霊に手を合わせる殊勝な気持ちにもならないので、たいてい仏壇の存在は無視していた。

四十九日まで、七日ごとに忌日法要というものがあったが、その日は、姉がやってきて、仏壇に花を飾ったり、拝んだりしていたのを、横目で無関心に眺めていただけだった。しかし、四十九日にはお坊さんを呼んで、きちんとした法要をしないといけないし、位牌を作ったり、親戚に日にちと場所を連絡する必要もある、やることがいっぱいだ……。これまでも姉はそんなことをあれこれ話していたが、その頃にはバヌアツに戻っているつもりだった私は、適当に受け流していた。

「あの家でお父さんの法要をしたいといったら、治子さんだって断ることはないと思うわ」

私は考えながら応じた。

「お父さんの家なのよ。治子さんに、法事のために家を使わせてくれって頼むのはおかしいじゃない」

姉は頬を膨らませた。

四十九日の法要があるから、家はそれまで明け渡せないと突っぱねたい様子だった。しかし、私にとっては、四十九日まで家を伊都部家のものとして確保していようがいなかろうが、関係のない話だった。二ヶ月先くらいまで入院しているのだ。

そう考えると、死んだ父の法要のために、家を使うか使わないかで姉と揉《も》めていることが馬鹿らしくなった。父は死んでいる。法要がどんな形になろうと、生き返って文句なぞいいはしない。私は、生死に関わる病を宣告されて、明日から生き延びることに賭けないといけないのだ。無駄にする時間なぞない。

「姉さん、私、今日は、明日の入院のために、色々買い物しとかなきゃならないのよ。四十九日のことは、幹子叔母さんに頼むなりして、治子さんと適当に話をつけてちょうだい。悪いけど、私はもう行くわ」

口早にいって椅子から立ちあがり、そそくさと作業場を出た。姉はまだ不満そうな顔ながら、私が車を駐車していた庭先までついてきた。

「お昼でも食べていけばいいのに、どうせどこかで食べないといけないんじゃないの」

「いいの、どうせ舌が痛くて、ろくに食べられないいんだし」

「そんなにひどいの……」

初めて姉は気掛かりそうな顔をした。私は笑った。

「柔らかいものをお茶で流しこんでいるのよ。頭痛もひどくて、今も鎮痛剤を飲んでいるの。これが治るんだったら、早く切ってもらいたいものだわ」

「治るわよ……。じゃあ、明日の朝、八時に迎えに行くわ。それでいいわね」

姉は力づけるように、軽自動車の車体をたんたんと叩いた。

「うん、八時。よろしくね」

「入院するんだったら、携帯、買っておきなさいよ。何かあった時に便利だから」

「わかった、そうしようと思っていたところだし。じゃあね」

私は車のエンジンをかけた。姉はまだ心配顔でそこに立っている。

「じゃあ、明日ね」

私はもう一度、念を押して、車で道路に出ていった。

最後に姉が見せた不安そうな顔つきのせいだろうか、買い物のために笹原市に向かいながら、私の心にはなんとなし灰色の憂鬱《ゆううつ》が広がりはじめていた。

癌というのは、得体の知れない病だ。早期発見で完治する場合もあれば、あれよあれよという間に進行して死んでしまう場合もある。どのように受け取っていいかわからない。だから人は、軽く受け流す態度から、明日にも死んでしまうような深刻な態度にまで、ころころと変化してしまうのだろう。私自身、そんな調子だった。

切れば治る程度のことではないかと楽観的に思ったり、次の瞬間には、すでに転移していて手遅れなのではないかと思って動揺したり、シーソーの上にいるようで、自分の感情の位置が定まらない。

それでも、ただ一つ、癌の宣告ではっきりとしたのは、命には限りがあるということだ。人はいつかは死ぬ。そんなことは、子供の時から知ってはいた。しかし、今、呼吸して、生きている自分がいつかは死ぬということを、身近に感じたことはなかった。むしろ、なんとなく、永遠に生き続けるような気持ちを抱いていた。

しかし、癌の宣告でその幻想は打ち砕かれた。死はいつだって、すぐ隣の席に座っているのだ。これまで隣の席に誰がいるかなんて、気にしてもいなかった。だが、今回、隣の死が指先でちょいちょいと私の肩を叩いた。えっ、あんた、こんな近くにいたの、と、私はぎょっとした……。たとえてみれば、そんな気分だろうか。

私だって、いつまで生きているかわからない。だったら、やらねばならないこと、やりたいことは、今しておいたほうがいい。

癌がたいしたことなかったとしても、数ヶ月か数年先に死ぬかもしれない状態に陥ったとしても、それは確かだ。

だから、治子に家と田圃を引き渡すと決めたならば、入院の前に片をつけておこう。バヌアツで不動産を探すつもりならば、向こうに戻ってすぐにも始めよう。そんな小さな決意が玉突きのように連鎖してなされていた。

姉にいわれた通り、携帯を買うことに決めたのも、そんな決意の連鎖の結果だった。

これまで私はバヌアツでは携帯電話を使っていても、日本では一度も買わずにすませてきた。携帯がこれほどまでに普及したのは、私がモルジブに渡航してからだったし、それ以後、日本に戻っても、滞在期間は短かったので、ことさら必要は感じなかった。

短期間なら、プリペイド式の携帯にすれば、値段も安いし、色々と重宝するといわれても、一向にその気分にならなかったのは、持つことで、日本と強い繋がりができて、引き戻されるのを恐れたためだと、自分では感じていた。

しかし、こうなると、そうもいっていられない。入院生活は二ヶ月も続くのだし、今後もどうなるかわからない。癌という病を通して、否応なしに、日本と強く結びついてしまったのだ。

笹原市の郊外にある大規模ショッピングセンターで、パジャマやサンダルといった身の回りの品々を買い求めているうちに、携帯電話のセールスカウンターを見つけたので、立ち寄った。システムを理解するのにけっこう時間を食ってしまったが、一台、購入した。

買い物を一通り終えると、もう二時を回っていた。レストランフロアに行って、食事のできる店を探す。姉にいったことは誇張でも何でもなく、最近はほんとうに腫瘍の痛みが激しくて、食べるのに苦労している。無事な口の片側だけで咀嚼《そしゃく》するのだが、舌を使うたびに腫瘍があちこちにぶつかるせいだ。また乾いていたり、硬かったりする食物も、腫瘍にあたって痛む。

なるだけ舌を動かさないでよさそうなメニューを探して、レストランの前をふらついてから、丼物にすることにして、和食の店に入った。昼の時間も過ぎ、空いている店の壁際の席に座り、鉄火丼を注文して、先ほど買った携帯をバッグから取りだした。

バヌアツで使っている実用本位の携帯とは違い、さすが日本で売られているものだけに、さまざまな機能のついた、お洒落な製品が並ぶ中で、マリンブルーのシンプルなものを選んだ。手に握ったり、あちこちのボタンを押したりしていると、誰かにかけてみたくなった。バッグからメモ帳を取りだして、知り合いの電話番号を探るうちに、トモヤの携帯の番号が目に飛びこんできた。彼からはまだ何の連絡もない。もう一度、かけてみようと、番号を押した。

トゥルルル、トゥルルル、という呼び出し音が鳴るのを聞いてから、やはり留守電になるだろうなと考えていると、プツッと通話された音がした。しかし、声は聞こえない。

「トモヤくん、私です。伊都部彩実です」

一瞬の間があって、「あぁ、伊都部さん……」というトモヤの声がした。とても疲れているような響きだった。

「どうしているの。東京に行くといって以来、音信が途絶えて心配していたのよ。電話しても留守電になっているだけだったし……」

「すみません……色々あって……実は、今、僕、奴らから逃げているんです」

「えっ」

私は思わず小声になって、「奴らって……この前いっていた……」と訊いた。

「ええ、そうです。命を狙われていて……」

「警察に行ったらどうなの」

トモヤの乾いた笑い声が返ってきた。

「警察が信じてくれると思いますか。それに、僕らだって、はっきりとした証拠はないんです。深夜の道路を車で走っていたら、正体不明の車に囲まれて、事故を起こさせられそうになったり、友達のマンションでは携帯もパソコンもまったく通じなくなったり……」

「こっちに戻ってきたらどうなの」

「ええ、だけど、そっちも奴らの手が回っているかもしれないと思って……」

店のカウンターに鉄火丼らしい器が載せられ、黒いカフェエプロンに黒いバンダナを巻いた女性の店員が盆に移しているところだった。少し離れた席では、サラリーマンらしい男が楊子《ようじ》で歯をせせりながら、新聞を読んでいる。こんな地方都市に、イルミナティとかいう闇の勢力の手が回っている……。まるで漫画のストーリーのようだ。

「大丈夫とは思うけど……何も変わったことはないわよ」

「そんなことといいだしたら、この東京だって、何も変わったことはないですよ……すみません、この電話も盗聴されているかもしれないんで、もう切ります。落ち着いたら、連絡します」

通話が切れた。

携帯が盗聴されている……。そういえば、アメリカ国家安全保障局《NSA》が大手通信企業と結託して、インターネットや電話の傍受を行っていると、元ＣＩＡ職員が内部告発をした事件があった。その範囲は、アメリカのみならず全世界に及んでいるという。イルミナティという勢力が存在するとしたら、携帯の通信傍受なんて簡単にできるのではないか……。

　私は携帯をまじまじと見つめた。店の外の通路を、携帯を耳に押しつけながら歩いている人たちがいる。それから通路の角の天井にある監視カメラが目に入った。

　あのカメラがイルミナティに通じていて、トモヤと連絡を取っていたことが知られたら、私も付け狙われるのではないか。

「お待たせしました」

　目の前に鉄火丼が現れた。黒いバンダナを巻いた若い女性店員が、味噌汁《みそしる》と漬け物を添えた盆ごと、私の前に置いたところだった。

「あ、すみません」と呟いて店員に微笑んだつもりが、苦笑いとなった。

　もちろん妄想だ。

　しかし、箸を取りあげながら、単なる妄想だと一笑に付すことのできない、ざらついた違和感が心の底に残っているのを感じていた。

XI　病棟という異空間

私の病室は、病棟の建物の二階にあった。総合病院だけに、階によって、外科や内科などに分かれている。歯科口腔外科の入院患者はさほど多くはないらしく、婦人科の患者たちと同じ区画で、女性専用となっていた。

入院当日の朝早く、私を病院まで送ってきてくれた姉は、仕出し弁当の作業場に戻らないといけないからと、あたふたと戻っていったので、私は一人で荷物のカートを押して、受付で教えられた病棟に行った。

ナースステーションで書類を提出する時に、インターネットの使える部屋にして欲しいと希望を出した。病院内では無線LANの設備はないし、六人部屋の一般病室も、二人部屋や個室も、インターネットには接続できない。四人部屋のその病室だけが使えるのだと入院説明書に出ていたので、前回、総合受付で問い合わせたところ、部屋の予約はできなくて、当日、病棟で直接訊いてくれといわれたのだった。

ネットに繋がることは、私には切実だった。修にバヌアツに戻るのは遅くなると連絡すると、日本で時間に余裕があるなら、翻訳を頼みたいといわれた。入院のことは話さずに、ただ予定を変更したといっただけだったので、気楽な日本滞在延期と受け取ったらしい。ポートビラの借家の家賃を立て替えてもらうことになった手前、無下に断るわけにもいかなかった。頼まれたのは、バヌアツの文化についての翻訳で、日本向け観光パンフレットにコラムとして入れたいのだという。そんなわけで、病院には、ラップトップのパソコンも持ってきていた。

幸い、その朝、インターネットに繋がる部屋のベッドに空きが出たという。まだ二十代のような林檎色の頬をした若い看護師の後について、私は病棟の通路に入っていった。すれ違う患者たちの多くは、病院の貸与する薄ピンクのストライプのパジャマを着ていた。看護師たちも薄ピンクのズボンと上衣という制服だ。白々とした蛍光灯に照らされた病棟の通路は、この薄ピンクの人々が行き来する収容所のようだ。看護師たちは、微笑みながら挨拶をして、きびきびと動き、明るい雰囲気をかもしだしているが、如何《いかん》せん、病院貸与のパジャマを着て病室から出てくる患者たちは、魂を抜かれたように覇気がない。病人であるから当然ではあるが、車椅子に乗ったり、よろよろとした足取りで進んでいる人々の中にいると、舌の痛みと頭痛以外、体調は至って良好な私は、とてつもなく健康に思えてしまう。

インターネット設備のある四人部屋は、隣のベッドとの仕切りはカーテンではなく、デスクと障子風の衝立になっていて、半個室風で居心地は悪くはなさそうだった。

私のベッドは廊下側だった。看護師が入院患者に配るというアンケート用紙を置いてナースステーションに戻っていくと、病室の真ん中の通路を隔てるカーテンを開きっ放しにして、私はロッカーに荷物をしまいはじめた。すると、窓側のベッドからちょこちょこと人がやってくる気配がした。

カップを手にした痩せた老女が、にこにこ笑いながら近づいてきた。

「氷室《ひむろ》といいます。よろしくお願いしますね」

土気色の顔に、手も足も棒のように細い。頭にはすっぽりとニットの帽子を被っている。すぐに癌患者だろうと思った。しかし、痩せこけた顔に浮かぶ笑いは、いかにも人の良さそうなものだった。

「こちらこそ、よろしくお願いします。伊都部と申します」

その時、窓辺のもう一つのベッド脇に立っていた六十代に見える女性も微笑みながら挨拶してきた。宮沢と名乗る、良家の奥さま風の上品な女性だった。

向かいのカーテンは閉められたままで、中の人は寝ているようだった。

私たちは、何の病気であるとか、どこから来たとか、詳しいことは何もいわないまま、ただ自分の名を告げて、微笑みを交わした。それ以上の詮索はできないような雰囲気だった。それは、病棟ですれ違うみんなにいえた。洗面所や談話室で顔を合わせても、詳しい話はしない。面会者があれば、カーテンを閉ざしてぼそぼそと話す。

表向きは、みんなにこやかだが、それぞれ内部に立ち入ることを遠慮し、立ち入られることを警戒していた。病というものが、とてもプライベートでデリケートであるせいだ。

そうして、知り合っているのに、知らない振りをして、近いのに遠い人々との生活が始まった。

入院生活とは、人生の途上に落とし穴のように出現する異次元空間だ。そこでは、それまで築きあげてきたものなぞ、何の意味も持たない。身分や貧富の差は消えてしまい、年齢もたいして意味はなくなる。日常生活から拉致《らち》された者たちが、患者という名の下《もと》に平等になる。

病室の前に掲げられている患者のネームプレートに、それぞれ赤や黄色の丸印がつけられているのに気がついて、看護師に訊ねたことがある。緊急時に全面介助の必要な人、手助けでいい人、一人で避難できる人と三段階で示しているのだという返事だった。

社会的に身分のある人だからとか、親しい間柄だからとか、個室に入っているお金持ちだからとかで、緊急時に真っ先に助けだされるわけではない。単に、体を動かせるかどうかだけが判断基準となる。人柄や容貌や地位なぞ、関係ないのだ。その潔いといってもいいほどの無名性に、私は新たな人生に足を踏みいれたような新鮮な驚きを覚えた。

そして、無名性の中でやはり立ち上がってくるのは、病状である。ことさら何もいわなくても、カーテン越しに聞こえてくる医師や看護師たちとの会話から、少しずつ同室の人たちの病状が把握できてくる。

氷室さんだけでなく、宮沢さんも癌だった。抗癌剤の副作用について、担当医と話していたせいでわかったのだった。二人の担当医は、婦人科の医者なので、婦人科系の癌らしかった。

窓辺の向かいあわせのベッドにいる氷室さんと宮沢さんは、よく暇に任せてお喋りしていた。衝立ひとつしか隔てられていないところにいる私の耳にも、その内容は聞こえてきて、私的な事情もわかってきた。

氷室さんは今年の初頭から抗癌剤の治療を受けていて、入退院を繰り返しているという。夫を二年前に肺癌で亡くして、今度は自分が罹ってしまった。

「うちの人は癌の血統だったけど、私の身内には癌に罹った人なんかいないんですよ。どうして私が癌になったのか、不思議なんですよ」

「私もそうですよ。お酒も煙草もやらないし、なぜ私がと、信じられない思いです」

つくづく情けなさそうな宮沢さんの声が響いた。彼女は看護師とか薬剤師とか、医療関係者らしい。数ヶ月前から下腹が突きだしてきて、張った感じがあったが、膀胱炎か何かだろうと考えていて、発見が遅れた。抗癌剤の一回目の投与を受けたばかりで、副作用で胸がむかむかするとこぼしていた。

「ほんとにねぇ、抗癌剤は辛いです。人によって、効く薬と効かない薬があるみたいですね。私は治療を始めてから、こんなに痩せてしまってねぇ、ミが欲しいですよ、ミが」

太りたい、とか、肉をつけたい、とかいうのではない。「ミ」というのは、氷室さん独特の表現だった。「TPP」も「チィーピーピー」と発音して、昭和初期の人の印象がある。笹原市の会社で事務職に就いていて、退職後は腹話術を学び、ボランティアで老人ホームや福祉施設を訪れていたという。七十代に見えるが、はきはきしていて、可愛らしいところがあり、微笑みを絶やさない。そんな昔風の「お婆《ばあ》ちゃん」の氷室さんが、抗癌剤や放射線治療という最先端医療の中でやせ細り、弱っていることに、どこかしっくりとこないものを感じた。

宮沢さんは、整った目鼻立ちの美しい人だった。若い頃は、さぞかし男性の目を惹いたことだろう。夫は今でも宮沢さんに惚《ほ》れぬいているようで、毎日のように見舞いに来ては、ベッドの傍らの椅子に座り、他愛ない会話をしたり、新聞を読んだりしていた。

すでに定年退職しているらしく、趣味は自転車で、見舞いにも市内からサイクリングがてらやってきているらしかった。

夫の前では、たいしたことではないように話している宮沢さんだが、夫がいない時には、氷室さん相手に胸の内を告白していた。最初は打ちのめされて、頭の中が真っ白になったとか、一回の抗癌剤でこんなに辛いのだから、これからどうなるのかしらとか、おっとりした調子ながら、不安がとめどない小川のようにその口から流れでていた。

「もうすぐ髪の毛が抜けていくんですねぇ」と呟く声が聞こえた時があった。ベッドで横になって本を読んでいた私は、その切なげな響きに、ふと耳をそばだてた。

「そうですよ、もうねぇ、ごそっ、ごそっ、と抜けるんです」

氷室さんはあっけらかんとした感じで応答した。抜けないとはいえないだろうが、もうちょっと柔らかないい方もあるだろう、いわれた方はショックだろうなぁと考えていると、「下の売店で、ウィッグを注文したんですよ」という宮沢さんの声が聞こえた。

「まぁ、どんな形なの」

「ほら、ここに出ているヘアスタイル」

パンフレットを眺めているらしく、二人はこのウィッグがいいだの、こっちのヘアスタイルが使い易いだのと、けっこう楽しげに品定めを始めた。

人は、いつまでも落ち込んではいられない。肉体は病に襲われても、精神的に健康である限り、心の底にバネのようなものがあって、どん底まで行き着くと、落ち込みを弾き返して、明るい気分にまで引っ張り上げる。だからこそ、人は不幸や災難を乗り越えていけるのだろう。

私の向かいのベッドにいるのは、目の飛びだした狆《ちん》に似た、太った女性だった。五十代半ばだろうか、ネームプレートには、『八頭留美《やがしらるみ》』とあった。いつもカーテンを閉め切って閉じこもっている。一度、閉め忘れたカーテンの隙間から中を覗くと、ベッド脇には女性週刊誌やファッション誌が堆《うずたか》く積み上げられていた。もっぱら雑誌をめくったり、テレビを見たりして、時を過ごしているようだった。顔を合わせると会釈するが、ぶつけるような物言いをする人で、会話下手らしい。私と同じ担当医なので、歯科口腔外科の患者らしいが、具体的な病名は不明だった。

入院すると、検査などで慌ただしい日々となるのだろうと考えていたのだが、違っていた。最初に来院した日に基本的な血液検査や尿検査はすませていたので、さしあたってやることは何もなかったのだ。朝と午後の体温と血圧の測定以外は、週に一、二度、歯科口腔外科の予約に空きがでると呼び出され、歯石取りや歯の治療をしてもらう。超音波検査やMRI、PET‐CTといった、何がどう違うのかよくわからない医療機器を使っての検査日が、その間に、ぽつんぽつんと入っていた。

「PETやMRIの予約はとても混んでいるんです。すでに入っている予約の間に、なんとか無理して入れてもらうんですが、それもなかなか難しいんですよ」

私の担当医となった鷲尾《わしお》先生が申し訳なさそうにいった。まだ三十歳手前のような若い医師だ。ひょろりとした長身に、色白のぽっちゃりした丸顔。ここの医科大学出身で、そのまま付属病院に入ったので、世間の冷たい風に当たったことのないお坊ちゃんのような印象を受ける。私に舌癌を説明してくれたもっと年長の医師は主治医で片山先生といった。片山先生が太っていて、いかにも貫禄があるのに比べると、鷲尾先生は、まだ学生のように頼りない。それでも、誠実さと一生懸命さが感じられる。

「検査がそんなに先だったら、慌てて入院しなくてもよかったわけですね」

皮肉っぽくいうと、鷲尾先生は困った顔をした。

「もしよかったら、週末には、外泊届を出してもらって、ご自宅にお帰りになってもいいですよ。手術日の前の週末はさすがに病院にいていただかないといけませんが、それまででしたら、支障はありませんから」

今更、戻ってもいいといわれても、すでに家の鍵は、姉経由で治子に渡してもらっている。スーツケースは置いているが、もうここは自分の家ではないと覚悟を決めて出てきたのだ。のこのこ戻るわけにもいかない。

「手術日はいつなんですか」

「検査が全部無事終わってからですから、まだなんともいえませんが……、三週間くらい先になりそうです」

「三週間も……。その間に、癌が進行するかも……」

鷲尾先生は「大丈夫ですよ」と否定はしたけれど、あまり自信がありそうでもなかった。後で、主治医の片山先生に確認すると、「その程度では変化はないですよ」といわれて、そこそこ安堵した。ただ、画像検査の結果がはっきりするまでは、転移があるのかもしれず、具体的な手術方法も決められないという。初期だから、転移はないだろうとは思うのだが、やはり不安は残る。

だが、そんな不安を覆い隠すかのように、入院生活の上辺ばかりはとても穏やかだ。親切な医師、はきはき、てきぱきとした看護師。廊下や洗面所ですれ違う患者たちとの一線を越えることのない、礼儀正しい挨拶。諍いもなければ、待ち合わせや約束で、時間に追われることもない。食事と定期検診の時間だけが、一日のうちできっちりと確立しているが、その他は消灯まで空白だ。溶けかかったアイスクリームのようにだらだらと流れ落ちていく時間の中で、入院生活は平穏無事に過ぎていく。だが、平穏無事とは、裏を返せば、活気がないということだ。他者を憚って小声で会話し、青ざめた顔をして、おぼつかない足取りでふらふらと歩く患者たち。テレビの音がＢＧＭのように響く談話室で見かける人々も、何かの重圧下にいるように鈍重な動きをしている。患者の見舞いに来た家族や友人たちまで、健康であるはずなのに、病棟の空気に染まったのか、おとなしく、生気が失せて見える。

そもそも、病棟内で目に映る色といったら、白や灰色、薄いピンクといった、弱々しい色だ。赤や黄色の華やかな原色は見られない。病院貸与の薄ピンクのストライプのパジャマではなく、自前の部屋着を着ている患者たちですら、申し合わせたように、ベージュやクリーム色、黒などの活気のない色に身を包んでいた。元気であっても、弱々しくしていないといけないのではないか、と思うほどに、「弱った人」という雰囲気に飲まれて、ほんとに弱ってしまいそうだ。病院とは、病人を作るところ、という言葉は嘘ではない。

私の頭痛は次第に激しいものとなってきていた。腫瘍が神経を圧迫しているためらしい。鎮痛剤の量を増やし、種類を変え、痛みを騙し騙し、手術日までやり過ごすしかない。それでも、頭痛と、舌の痛みで食事が困難ということを除けば、体は至って健康だ。読書か、修からメールに添付して送られてきた英文を訳すくらいしかやることはないし、病室でじっとしているのもつまらない。外出届を出して、病院の周辺を散歩することを日課とするようになった。

病院の前には、大竜川を見下ろす高台に沿って、遊歩道ができている。その道を辿って丘を下っていくと、川沿いの土手道に出る。田圃と川に挟まれた道には、ジョギングや犬の散歩をさせる人々がいて、いかにものんびりした雰囲気だ。光を撥ね返して、銀色に輝きながら流れる川面に、白鷺《しらさぎ》が舞い降り、釣竿《つりざお》を手にした少年たちが岸辺で糸を垂れていたりする。川から目を移せば、反対側の田圃では、金色の穂を垂れた稲の刈り入れの最中だ。農家の夫婦がほのぼのとした風情で力を合わせて収穫している。川辺の目に入るものすべてが、命の営みを続けている。

なのに、私は癌に罹ってしまった。

宮沢さんや氷室さんと同じく、私も、信じられない、と何度も心の中で呟いた。信じられない。汚染された食品はとらないように注意していたのに、どうして癌になったのか。

原発事故の時に日本にいなかったことを幸運とみなし、被曝による健康被害に怯えながら帰国した挙げ句に、癌を宣告されて入院となったことに、私は屈辱を感じていた。癌になるならば、事故以後の食品汚染に無頓着に暮らしてきた姉のような人間ではないか。日本に戻ってきて一ヶ月ほどしか経ってないのに、どうして私が癌になってしまったのか。

癌は十年も二十年もかけて大きくなるというから、常世原に戻ってきてから発生したわけではないとは思うのだが、あまりのタイミングに、放射能汚染のせいではないかと疑わずにはいられない。

福島原発の事故で撒き散らされた放射性物質のうち、プルトニウム粒子は特に毒性が強く、ホットパーティクルと呼ばれ、一、二個、体内に吸引しただけで、肺癌などを引き起こすという。粒子は重いから遠くまで飛ばないといわれているが、福島原発事故後に、アメリカ西海岸で観測されている。私もこのプルトニウム粒子をたまたま吸いこみ、内部被曝して、癌になったのではないか。ホットパーティクルが癌を引き起こすには長い年月が必要だといわれる一方で、健康に及ぼす害はまだ充分に解明されていないともいわれている。それに、放射線に対する感受性は、人によって違う。私はかなり感受性の高いほうで、さらに、癌細胞が増殖する一歩手前の状態にあった。そこにホットパーティクルを体内に入れてしまい、最後の一滴でコップの水が溢れだすように、癌細胞が一挙に暴走しはじめたのではないか。舌癌の進行は速いというから、一ヶ月のうちに腫瘍を形成したとしても、おかしくはない。

我ながら、かなり妄想の入った推理だと認めざるをえないが、宮沢さんや氷室さんはどうだろう。話しぶりからすると、生まれはこの県のようだから、原発事故以来、関東のこの地にずっと住み続けていたのではないかと思う。彼女たちの癌こそ、放射能汚染に由来するのかもしれない。だが、それとは関係なく、癌に罹ったのかもしれない。わからない。いったい、どんな経緯で癌細胞が増殖していったのか、確かめる術《すべ》はない。なぜ自分が癌に罹ったのかわからないからこそ、誰もが、「信じられない……」と呟くことになる。

「ほんとに、何もかも、信じられない」

秋風に吹かれつつ、川辺の道を歩きながら、吐息のような声が洩れた。

信じられない。私が癌に罹ったことも、日本の海や大気や大地が放射性物質で汚染され続けていることも。癌が転移していて、残された命は短いかもしれないことも、原発事故が収束できずに、福島の地で延々と汚染水を海に垂れ流しつづけていくかもしれないことも。

信じられないことならば、渡橋の唱えるアオイロコの蔓延も、イルミナティに追われているというトモヤの話も同じだ。

以前は、アオイロコやイルミナティの話など「信じられない」こととして、簡単に心の中で始末をつけられた。しかし、今ではそうもできなくなった。

「信じられない」ことが、起きてしまっているのだ。他の「信じられない」ことも、現実であるかもしれないではないか。非現実と現実の境が曖昧になってしまった。

想定外、か。

皮肉な笑いが浮かんで消えた。

原発事故を「想定外」と規定した時から、日本の現実は、非現実空間に浮遊しはじめたのだ。「想定外」の事態が現実となる世界と、ファンタジーが現実となる世界は同質だ。

日本は、福島原発事故を境に、ファンタジー世界に入りこんでしまったのだ。私が散歩しつつ目にしている、この大竜川の川辺の穏やかな風景はファンタジーではないか。もしかして、現実とは、『原爆の図』のような光景なのかもしれない。丸木位里《まるきいり》と俊《とし》の夫婦の共作によるこの絵は、私は図版でしか知らないが、それを見た時の強烈な印象は記憶に生々しい。

原爆の灼熱《しゃくねつ》に焼かれて、一瞬にして衣類は焼かれ、ぼろぼろになった皮膚を垂らして、幽鬼のように歩く人々の群れ。だが、今回は、一瞬の高熱が人を襲うのではない。体内に取り込んだ放射性物質の熱によって、人はじりじりと内から焼かれていくのだ。そして長い年月をかけて体を蝕《むしば》まれ、健康を害し、病に臥《ふ》して斃《たお》れていきもする。だから、ほんとうに私の目に映るべき現実とは、内なる熱に焼かれ、身をよじらせて苦しむ人の群れであるべきなのだろう。そして、その人の行列は、二〇一一年三月十一日から未来永劫《えいごう》に連なり続け、途絶えることはないのだ。

「日本の明るい未来のためにがんばります。辻あさみ、辻あさみをよろしくお願いします」

黄金色に波打つ田圃の向こうから、選挙カーの元気な声が流れてきた。

XII 死への扉

「なかなかいい部屋じゃないの」

幹子叔母はベッドの足許に立って、障子風の衝立やデスク、テレビなどをじろじろと眺めていった。隣では姉も、「けっこう広いわね」と頷いている。

ベッドで本を読んでいた私は、突然、現れた二人に面食らいながらも、「ええ、なかなか快適よ」と話を合わせた。

午後二時の定期検診も終わり、そろそろ日課としている散歩にでも出ようかと考えていたところだった。予定が狂ったことに腹立ちながらも、私は起き上がると、二人を談話室に誘った。

同室の人たちの見舞い客がよくベッドの周りに居座って、長々と談笑しているのだが、少し声が大きいと話は筒抜けになるし、小声になると、ぼそぼそとした低調音を広がらせ、厭らしい感じを与えるので、私は気に障っていた。

談話室は、エレベーター前にある。半分は、食堂のようになっていて、テーブルと椅子が四セットほど配され、残り半分にはソファとテレビが置かれている。壁際には自動販売機や電子レンジ、給湯器が並び、ベッドで食事をしたくない患者は、ここで食べることができた。

奥には透明なパネルで仕切られた小部屋があり、本棚とデスクトップのパソコンが二台設置されていて、インターネットに接続できるようになっていた。

談話室の空いたテーブルのところに、姉と叔母と一緒に座った。

「ああ、お見舞いよ」

姉が洒落た紙包みを差しだした。

「国道沿いに新しくできたお菓子屋さんのシュークリームなの。すっごく大きくて、美味しいのよ」

「これは、うちで穫《と》れたの」と幹子叔母も赤く熟した柿の実が五個ほど入ったビニール袋をテーブルにどんと置いた。病室に来た時に渡してくれればいいものをと思いながらも、礼をいって受け取り、シュークリームはその場でみなで食べることにした。幹子叔母が、いそいそと自動販売機でペットボトルの温かい緑茶を買ってきた。

姉の持ってきたシュークリームは、やっかいな代物だと判明した。口内にべたべたとくっつくクリームを、舌で舐《な》めとるのが難しいのだ。健康な時には気がつかないが、舌というのは、けっこう複雑な動きをしているのだ。一個食べるのにも苦労したので、私は、姉や幹子叔母に残りも勧めた。甘いものの大好きな姉は、「自分で持ってきて、ぱくぱく食べるのもなんだけど……」と言い訳しつつも、二個目に取りかかった。叔母もつられたように手を伸ばす。私は緑茶を啜った。

「やっと選挙も終わって、静かになってよかったわ」

「そうよねぇ、あの選挙カーの声を聞いていると、まだ残暑が続いているみたいな気がするもの。最近はぐっと涼しくなったっていうのにね」

住民票を海外に移していることと、癌による気持ちの動揺で、投票日のことをすっかり忘れていた。相変わらず自民党が与党となって終わった。この国を支配する慣性の法則をつくづく感じただけだった。

「ほんとねぇ、カーディガンだけじゃ寒くなってきたわ」

「そろそろ冬物を出しておかなくちゃと思っているの」

病院の談話室で、これといって何の予定もないままに、午後、姉と叔母と一緒に菓子を食べ、お茶を飲む。私はスウェットの上下、姉と叔母はおめかししているとはいえ、いかにも田舎のおばさんといった雰囲気だ。血が繋がっているせいで、私たちの顔はどことなく似ている。傍目には、身内の三人の女たちとすぐにわかることだろう。

ついに、この人たちは、私を自分たちの輪に引きずりこむことに成功したのだ。日本の地方都市にしっかりと根を張って生きて、親戚同士の緊密な間柄の中で、連携して歳をとっていく退屈な集団の輪に。

胃のあたりから、苦々しい気分がこみあげてくる。

「琉生が今朝、急に熱を出してね。学校を休ませて、千香絵さんが病院に連れて行ったのよ。なんでもないといいけど」

「風邪でもひいたんじゃないの」

「千香絵さんの関節炎はどうなったの」と、私は口を挟んだ。

「ええ、それもついでに診てもらうといってた。翼は、この前の日曜、野球部の練習中に、熱中症で倒れるしで、なんだか病院づいているわね」

幹子叔母は、私をちらと見て苦笑した。私まで入院したことをいいたかったのだが、かろうじて堪えたという風だった。

「病気に罹る人が増えているのよ。この病院のベッドだっていっぱいで、私がすぐに入院できたのは運が良かったみたい。検査が長引いているのも、予約で混んでいるせいだし」

福島の原発事故に起因する汚染によって、健康を害する人が増えているのだと思ったが、口に出していいはしなかった。すでに何度かこの二人にそれを告げて、無関心しか返ってこなかったことで、言葉を発する気力を失っていた。

こうして、放射能汚染に敏感な人たちの声は弱々しくなり、やがて日本という空気の中で消えていくのだ。そして加菜のように、心の中で懸念を呟きつづけた者は、黙って、そっと消えていく。最後に残るのは、何も気にしない者か、気にしても、立ち去ることができないので、口を閉ざしている者たちになっていくのかもしれない。

「そんなにこの病院が盛況なんだったら、売店に、うちの手作り弁当も置いてもらおうかしら」

姉が商売っ気をだしていった。

「毎日、ここまで届けるのは大変なんじゃないの」と叔母がペットボトルを傾けて応じる。

「道の駅からそう遠くじゃないもの。そんなに大変じゃないわ。ただ、お弁当の数を増やすと、人手が足りなくなるかも」

「千香絵さんにでも手伝いを頼んだらどう」

まるで自分の手足でもあるかのように、幹子叔母は千香絵の名を出した。

それから今年の稲の収穫の話から、農協主催の福島温泉巡りバスツアーが安いから行こうかなどといいだした。

「退院したら、療養がてら、彩ちゃんも、一緒にどう」と幹子叔母が誘ってきた。

顔を引きつらせて、「私は温泉には興味ないから」と断った時、姉が「そうそう」とテーブルを手でぱたぱたと叩いた。

「来週の日曜日は、お父さんの四十九日の法要なのよ」

入院前日の姉との会話を思い出して、「どこでやることにしたの」と訊いた。

「うちでやるわ」

「治子さんは、あの家でやればいいといったんだけどね、聡美ちゃんが……」

幹子叔母が口を挟んだ。

「他人の手に渡ってしまった家で、お父さんの法要なんてやれないわ。もう仏壇もうちに運んでしまってあるし」

入院当日、送ってきてくれた姉に、治子に渡しておいてくれと、家の鍵を渡してあった。合い鍵も渡そうとしたが、スーツケースを置いてある間は、持っているほうがいいと姉にいわれ、そちらはまだ手許にある。姉は、治子に鍵を渡す前に、まだ家にある父や母の遺品を持ち出しておくといっていた。その時に、一緒に仏壇も移したのだろう。

「他人っていったって、治子さん、おつきあいしていたんだし、内縁の妻みたいなものでしょ」

私はなだめるようにいった。

「他人は他人よ」

姉は叩き返すようにいって、「あんたも法要に来られたら来たらどう。手術日はまだ先なんでしょ」と話をこちらに向けてきた。

「ええ、十月九日に一応の予定はなったので、行ければ行くわ」

PET－CT検査では、癌の転移は見られないという。まだMRIや頸部の超音波検査などが残っているが、一応は安堵していた。最初は、舌の腫瘍部分の切除はかなりの広範囲になるので、喉か手首あたりの筋肉を移植するなどという恐ろしいことをいわれたが、検査によるとあまり大規模に切除しなくてもよさそうで、移植には及ばないだろうという話にもなっていた。

「外泊できるんでしょ。うちに泊まればいいから。東京から恭子叔母さんも来て泊まるはずだし」

「恭子叔母さん一家が泊まるんだったら、家はいっぱいなんじゃないの」

「ううん、今回は、昭夫《あきお》も信夫《のぶお》も来ないから」

昭夫と信夫は、恭子叔母と武雄叔父の二人の息子だ。

「林檎はどうなの」

私は恭子叔母の連れ子である従姉妹の名を口にした。父の葬式の時、林檎だけは姿を見せていなかったことが気にかかっていた。広告会社に勤める元気な従姉妹で、私とは気が合う仲だった。

「それがね、林檎ったら、なんと、今、シドニーにいるっていうのよ」

「ええっ」

「急にオーストラリアに語学留学するといいだして、会社も辞めていってしまったって……。なんでも東京は危険だからっていっていたとかいうのよ。恭子叔母さんが、嘆いていたわ」

「大地震が怖くなったのかしらね」

幹子叔母が口を挟んだ。

私は、もしかしたら、東京にも広がっているという放射能汚染から逃げたのではないかとちらと思った。それとも、単に、近々やってくるといわれている大地震に怯えたのだろうか。

「シドニーだったら、バヌアツに戻る途中だから、連絡取ってみようかしら。メールアドレスとかわかるかしら」

「恭子叔母さんが知ってるんじゃないの。法事の時に訊いてみたら」

それから話はまた法事のことに移り、姉と幹子叔母は腰を上げた。

玄関まで見送りに出たついでに空を見ると、雨が降りだしていた。姉と幹子叔母は、一本の折りたたみ式の傘に身を寄せあって、駐車場のほうに遠ざかっていった。

駐車場を囲む植え込みの葉は、色を変えつつあった。一歩一歩、秋に近づいてきているのだと考えていると、バスの停留所やコンビニに続く歩道を、若い女性がせかせかとやってくるのに気がついた。長い黒髪を背に翻《ひるがえ》し、ベージュの薄手のジャケットを着て、大きなバッグを肩から提げ、傘はささずにまっすぐに玄関のポーチに駆けこんできた。どこかで見た顔だ。しかし、どこで見たのか覚えていないし、入院していることなぞ、あまり他人に知られたくない。知らんぷりしていようかと躊躇っているうちに、向こうが会釈した。私も仕方なく、頭を下げた。その瞬間、誰だか思い出した。道紀の後輩の新聞記者だ。名は忘れたが、笹原市内の居酒屋で一緒に酒を飲んだのだった。

「入院なさっているんですか」

スウェット姿の私を見て、相手は、探るように訊いてきた。

「ええ、ちょっと、舌が悪くて、手術することになったの」と答えた。

「そうなんですか。大変ですね……」

どう距離を置いていいかわからない言い方から、彼女もどこで私に会ったのか思い出せずにいると感じた。毎日、沢山の人に出会う新聞記者だけに、無理もない。かえって、ありがたかった。

「あなたは、どうして病院にいらしたの」

「こちらの先生に取材する用があるんです。あら、すみません、アポの時間に遅れるんで、失礼します」

「いいのよ、いいのよ、行ってください」

私は内心ほっとして、手で追い遣る風をした。

相手は数歩、玄関の自動ドアのほうに行きかけてから、ぱっと振り返った。

「下地《しもじ》先輩に伝えておきますから」

道紀の名を出したからには、私のことを思い出したらしかった。

伝えなくていい、と喉元まで言葉が出かかったが、そんなことをいうわけにもいかなかった。それに彼女はもう自動ドアの向こうに消えていた。後に続いて病院内に引き返す気にもなれず、かといって雨で散歩にも出られないので、仕方なくコンビニに向かった。

病院内の売店と違って、敷地内とはいえ、建物の外にあるコンビニは、外の空気に触れることのできる空間だ。患者に交じって、医科大学の学生たちが大勢出入りしているし、そこに並ぶ多彩な弁当やサンドイッチ、菓子の陳列棚の光景は、安心感を与えてくれる。コンビニは、都市空間に流れだした茶の間だからだろう。

入院食は味つけはけっこういいのだが、量が少ない。ほとんどベッドで過ごす患者を基準にしているせいだろう。散歩に出たり、多くは起きて動いている私は、慢性的に空腹に苛《さいな》まれている。時々、売店やコンビニで食べ物を買って腹の足しにするのだが、ものを食べようとすると、舌の腫瘍にあたって痛いのは相変わらずで、ゆっくりと流しこむようにしか食べられない。そのため、食後も空腹感は残っている。何か食べやすいものはないかと、店内をうろついていると、冷蔵食品売り場の前にいる同室の八頭留美の姿を見つけた。

ずんぐりと太った体にたっぷりしたトレーナー、黒いスウェットのパンツを穿いている。飛びだしそうな大きな目で、手にしたプリンを睨みつけていたが、大きなため息をついて、また元に戻し、私に気がついた。

「あぁ」とばつの悪そうな顔をして、口許を歪めた。

「甘いもの食べちゃいけないんだけど、プリンが大好きなのよ」

ちょっとべたべたした話し方で、留美は言い訳のようにいった。

「高血圧かなんかですか」

「血糖値が高いの。あなたは大丈夫なの、舌の手術を受けるんでしょう」

向かいのベッドにいるだけに、私が手術を待っていることは知っているようだった。

「再来週なんです」

「ずいぶんと待つのね。私の時は、すぐに手術だっていわれて、二、三日のうちに切られたのよ。私も舌癌だったの」

「私と同じです」

留美は頷いた。

「私は先月に手術したの。ところが、切り残しが見つかって、また手術してね、もうさんざんよ。きっと慌てて切ったせいなんじゃないの。それで、あなたの時には慎重になっているんだと思う」

「手術、どうでしたか」

「手術自体はたいしたことないの。麻酔で寝ている間に終わっちゃうから。麻酔から醒めて、手術室から帰る時、付き添いの看護師さんとぺらぺら喋っていられたくらい。そしたら、その晩、大出血しちゃってね。後で、手術の後は舌を使っちゃいけなかったんだと、お医者さんから叱られたけど、だったら、最初からいってよね。看護師さんも一緒になって喋っていたのに」

　病室で顔を合わせた時には無愛想だったのに、留美は勢いよく喋りたてた。生来、話好きなのだが、最初は人見知りしていたのと、舌の傷が癒えきっていなかったせいで、無口な印象を受けたのかもしれない。

　二ヶ月も病院にいて、水道代の支払いができていない。他にも支障が出てきて大変だとこぼしていた。一人暮らしのようだった。

「ああ、そうだ」

　留美は突然、ポケットから携帯を取りだした。少しいじくっていたが、「見て、これが私の舌」といって、画面を示した。

大きく開いた口と、べろりと出た舌の写真だった。腫瘍の部分は白っぽかったが、よくわからない。

留美は画面を変えた。

「これが切り取った舌」

そこには黒っぽい肉片らしいものが映っていた。舌の一部といわれなければ、ただのつまらない肉塊にしか思えない。

留実は満足そうな笑みを浮かべて、携帯をしまった。

後で見せてもらった切断部分を写真に収めたのだろうが、そんなもの見たくもない私には理解しがたい行動だった。きっと彼女は見舞いに来る人ごとにでも見せているのだろう。

「私はもうすぐ退院だと思うけど、あなたもお大事にね」

留美はそういってから、またもプリンの棚を眺め、素早く一個取りあげるとレジに立ち去っていった。

私はメロンパンと豆乳を買って、病院に入っていった。

灰色の空から雨がしとしとと降っている外の寒々とした空気は、病院の内部にまでは侵入してこない。いつもと同じ光量の白っぽい光に照らされていて、空調の利いた無色透明の空気が、院内に均質に満ちている。ガラスで囲われた中庭の植栽や木々が、無機質な院内に、唯一、自然の色を与えている。

熱帯の眩《まぶ》しい太陽の光、真っ青なラグーンの海、発展途上国らしい活気に溢れる路上、裸足で走りまわる大勢の子供たち。そんなバヌアツという島国が幻のように思える。

人が環境に慣れる力には、すさまじいものがある。病院の中を、コンビニで買ったメロンパンと豆乳を手にして、自宅に戻るように病室に向かっていると、生まれた時から、ここで暮らしている気分に陥る。

広々とした通路に沿って、内科、外科、放射線科、眼科、脳神経外科、整形外科などさまざまな科の診察室が並んでいる。通路に並ぶベンチには、診察を待つ人々がぼんやりと座っている。その前を白い上衣を着た医師や研修医、薄ピンクの服の看護師、外来患者や入院患者、見舞い客が行き交っている。車椅子に乗った惚けたような老人が、中庭の紅葉を首を傾けたままでぽかんと眺めている。背後に立つ家族は悲しげにそれを見守っている。点滴台をがらがらと引きずって歩くパジャマ姿の男。手術室から出てきたのか、これから向かうのか、車輪付きベッドに乗せられ、数人の看護師に付き添われて通りすぎる朦朧《もうろう》とした顔の老女。ここにいる者たちは、健康な者もそうでない者も、病気というひとつの線で結びついている。

声を潜めた会話、ゴム底の運動靴の足音、ストッパー付きのドアの閉まる音、忍者のように気配を抑えつつ、小走りで過ぎていく看護師たち。「密やかに、しめやかに」という合い言葉によって統制されているかのような空間を乱すのは、院内アナウンスのきんきんと響く声くらいのものだ。騒がしくはないが、静寂というわけでもない。ここを支配するのは、うっすらとした緊張感だ。一見、穏やかで、コントロールされているかのように感じる空気の底には、病に起因する人々の怯えと不安が潜んでいる。

ここは人々から活気を吸いとってしまう場所だ。覚束ない足どりで歩く患者たちばかりでなく、健康であるはずの見舞い客たちですら、迷子になったかのように、確信のない足取りで行き来する。若者たちは生気を失い、子供ですら病気なのか、親にいわれておとなしくしているのかわからないが、本来持っているはずのはち切れるような元気さは見られない。

チェルノブイリ原発事故によって汚染された地域では、今や健康な子供は二十パーセントに満たない。重度汚染地域では、健康な子供を一人でも見つけるのは難しい。

以前、どこかで読んだそんな一節が頭に浮かんだ。

大人だって健康な者は少ないだろう。チェルノブイリの汚染された地域とは、この病院の中みたいなものだろうか……。

エレベーターを使わずに階段を使って、病棟の二階に戻った。病室のベッドでメロンパンを食べる気はしないので、談話室に立ち寄ると、氷室さんが椅子に座って、携帯で話していた。テーブル席は四つあるのだが、氷室さんが一人で使っている場所以外は、見舞い客や家族と話しあう患者たちで塞がっていた。やはり病室に戻ろうかと考えた矢先、氷室さんが手招きしたので、私は立ちさる機会を失い、斜め向かいに座った。

メロンパンのビニール袋を破り、少しずつちぎって、豆乳で流しこむ。

「そうねぇ……それは大変ねぇ……」

氷室さんの声が聞こえてくる。ニット帽子をすっぽりと被り、薄い体にカーディガンを着込んで、背中を丸めている。

「検査がねぇ、そうなの……でも、新しい抗癌剤が効くかもしれないじゃない」

氷室さんは気遣うような声で話しかけてから、「お大事にねぇ、私もがんばるから、あなたもがんばってね」といって電話を切り、寂しげに私に笑いかけた。

「最初の入院治療の時に知り合って、友達になった人なの。最近、転移が見つかって、おうちの近くの病院に入院したって連絡してきてくれたんだけどね……。元気な時はいいけど、向こうがそうなってしまうとねぇ、こっちまで滅入ってしまう」

「話しちゃだめですよ」

溺れかけている者が、やはり傍らで溺れかけている者にしがみついている光景を想像して、私は思わず強い口調になっていた。

「気力を取られてしまうから。その人には悪いかもしれないけど、元気な友達とだけ話すんですよ」

「元気な友達はいるのよ。よくお見舞いに来てくれるし、退院した時には、一緒に温泉に行ったりする仲間がいるの。退院している間はいいの、そうやって、色んなことして気が紛れるから。だけど、治療のために、ここに戻ってくるとねぇ……」

氷室さんは手の中の携帯を眺めながら、瘦せた肩を落として、通路の突きあたりにあるドアを知っているか、と話を変えた。

「ああ、あの灰色のドアですか」

病室の続く通路の先は、灰色の両開きの防火扉で塞がれている。そこから白衣を着た医師や研修医たちが出入りしているので、大学棟に通じているのだろうと想像していた。

「ええ、ええ、そのドア。最初に入院していた時かしら、真夜中に、ばぁん、って、ものすごい音を立てて、あのドアが閉まったことがあったの。翌朝、患者さんが一人亡くなったって聞いたんですよ、まだ若い、やはり婦人科系の癌にかかっていた人だったって」

通路の先の大学の棟には、死体安置室でもあるのか、解剖でもしたのか、よくはわからないが、病室の前の通路のドアが死への扉となっていると聞いて、私は少しぞっとした。

「だから、時々、夜中に目が覚めたりしたら、つい耳を澄ましてしまうの。また、あのドアが閉まる音が聞こえるんじゃないか、もしかしたら、それは私が向こうに行く時かなぁ、とか考えてしまうの」

氷室さんは、夫を亡くしてから、独り者の息子と同居しているといっていた。息子が見舞いに来たのを見たことはないから、多忙なのか、仲があまりよくないかだろう。深夜の病床で目覚めてしまうと、死ぬことを考えて、悲しく、怖くなってくるのだろう。どういう言葉をかけていいかわからずにいると、氷室さんは頬杖を突いて、夢想するように続けた。

「もうお墓は作ってあるの。死んだ主人と同じ墓。赤で彫られている私の名前を黒にしたらいいだけだから、お葬式は簡単にすむはずよ、焼いた骨を拾う人は大変だろうけど。抗癌剤の治療を受けて死んだ人の骨は、脆《もろ》くてぼろぼろこぼれるって聞いたから。それに青緑色がかっているんだって」

「青緑色ですか」

アオイロコで死んだ人は、肌が青色に見えるという話が頭に閃《ひらめ》いた。

「ええ、そうらしいの。なんだか厭だわねぇ」

氷室さんは、私の食べかけのメロンパンに気がついて、腰を浮かした。

「ごめんなさいね、食べているところに邪魔しちゃって……」

そして、ニット帽子をかぶり直すと、漂うような足どりで談話室から出ていった。

XIII 光る死体

病床の眠りは浅い。

夜間見回りの看護師の足音、同室の人たちの吐息、トイレに向かう人の気配。カーテンを閉ざしていても洩れてくる廊下の明かり。さざ波のように押し寄せてくる気配に、朝方、まだ暗いうちに目覚めてしまうことが多くなった。消灯は九時なので、早めに寝ていることも原因だろう。また眠りに入ることはできずに目は冴えてしまう。

そんな時、ラップトップを抱えて、談話室の奥にあるコンピューター室に行くようになった。どうせ眠れないならば、修に頼まれた翻訳でもしているほうがましだと思う。翻訳作業は、自分はまだ外界と繋がっているという安心感も与えてくれる。

白々とした照明の降り注ぐ、がらんとした広い通路。夜勤の看護師が二、三人、疲れた顔でコンピューターに向かっているナースステーションの前をそっと通り過ぎる。エレベーター前のホールには誰の姿もなく、地下道の入り口のように、診察棟に続く通路が横手にぽっかりと開いている。

　未明の病棟は、始発前の地下鉄の構内を連想させる。しかし、電車は永遠に現れることはない。私たちはずっとここで電車を待ちつづけるしかないのではないか。そんなもの悲しい気分に包まれる。

　コンピューター室の明かりのスイッチを入れて、デスクの前に座る。ラップトップを電源に接続して、翻訳中の画面を出す。デスクトップ型の病院のパソコンも起動させて、インターネットに繋ぎ、そちらの画面で不明な単語を訳しつつ、修に頼まれている翻訳作業を進める。


『地表の三分の一を占める太平洋には、約二万五千もの島々が存在する。これは、大西洋、インド洋という他のふたつの地球の大洋にある島々を合計した数よりも大きい。

　これらの太平洋の島々に、人類が広がりはじめたのは、今から三千年ほど前だった。ラピタ人という民が、ジャングルに覆われたパプアニューギニアから、カヌーに食料や家畜、苗木や石器など生活に必要な品々を載せて、家族と共に、東の海に乗りだしたのだった。ラピタ人は数世紀にも亘って、現在のバヌアツ、ニューカレドニア、フィジー、サモアなどの太平洋の島々に辿りつき、住みついていった。その分布範囲は、パプアニユーギニアから東に三千キロ以上離れたトンガ諸島にまで及んでいる。

地図なぞない時代、それまで人類が行ったことのない人跡未踏の海に、風まかせに乗りだしていったラピタ人たちを駆り立てたものは何だったのか。食糧危機であったのか、天変地異であったのか、戦乱であったのか、それとも単なる抑えようもない好奇心であったのか、わからない。


いずれにしろ移住先の島々でラピタ人の発見したのは、豊富な貝類や魚類、鳥や陸上動物たちであり、しばらくの間はその豊富な食料の恩恵を享受したようである。しかし、搾取する一方の狩猟採集は、いつか資源を枯渇させる。太平洋の島々では、人間が移住して以降、千以上の種が絶滅したと推定されているほどに、食糧難の時代がやってきた。

こうしてラピタ人たちが移住してから千年ほど過ぎた時、再び大移動の時期が訪れた。今から千二百年以上前にあたる。彼らはラピタ人の子孫であり、現在のポリネシア人にあたると、人類学上では捉えられている。

こうして彼らは、メラネシアやポリネシア西部を越えて、太平洋の中央部に乗りだしていった。それは、島伝いに航海することも可能な島の多い海域から、島から島へ移動するのに数千キロ単位で航行しなければならない海域への旅でもあった。この冒険的な航海で命を落とした人々は数知れないことだろう。しかし、このような何十世紀にも亘る移動と定住と拡散の繰り返しによって、太平洋の島々に人々が住みついていき、タヒチ人やハワイ人、マオリ族やイースター島でモアイ像を作った人々の先祖となった。ラピタ人がどのような人々であり、どのような暮らしをしていたのかという具体的なものは謎に包まれている。言語は台湾に、独特の装飾を施したラピタ土器はフィリピンに起源が求められるという説もあるが定説はない。

しかし近年、バヌアツのエファテ島でラピタ人の大規模な墓地が発見されたことにより、ラピタ人の実態解明への手がかりとなるであろうとの期待が高まっている。』

病院とも癌とも手術とも、何の関わりもない文章に没頭できるのは、ありがたかった。さらに小遣い稼ぎ程度にはなるし、自分はまだ社会と繋がっているという気持ちにさせてくれる。

経済でも社会でも、家族でも、何でもいい。人は何らかと繋がっていない限り、生きる意味が得られないのかもしれない。

だから私はしがみつく。自分と世界とを繋ぐ何かしらの綱に。その朝も、そうして意識を集中させていると、談話室と隔てる戸口に、ぬっと人影が現れた。土色の肌をした団栗《どんぐり》のような輪郭の大男だ。患者ではなく、外の荒々しい雰囲気を全身にまとわりつかせている。平日の朝、五時頃になるとやってきて、隣のパソコンに座りこみ、一心に画面に向かっている。

病院の夜間勤務の人ではないかと見当をつけてはいるが、無愛想でこちらを無視しているので、私も話しかけはしない。

三畳ほどの狭いコンピューター室でその男と隣り合っていると、息が詰まってくる。無言の重たい気配といったものが、こっちまで押し寄せてきて、翻訳に集中できなくなる。

最近では、男が現れると、私はラップトップはそのままにして席を離れるようになった。男はたいてい三十分ほどでいなくなるから、その後で戻ってくる。

エレベーター前のホールから延びる診察棟への通路に進んでいく。昼間は外来患者や医師や看護師などの行き交うこの通路も、未明のこの時間は、非常灯の明かりしか灯《とも》っていなくて薄暗く、がらんとしている。採光用の窓に囲まれた中庭も、まだ暗くて、青ざめた未明の空が覗くばかりだ。通路は中庭を囲む回廊式になっていて、ぐるりと巡ればちょっとした散歩になる。二周ほどしてから、夜の学校のような診察棟の通路脇のベンチに腰を下ろし、それから横になった。

私はどこにいるのだろう。

家でもない……旅先のホテルでもない……友人の家でもない……。

灰色の雲に覆われた、曖昧模糊とした空間に浮かんでいるような気分に包まれた。

私の人生において、病院で暮らす、という事態はまず起きなかった。せいぜい子供の時に肺炎で、三十代初めに子宮筋腫の手術でそれぞれ十日ほど入院したくらいだ。しかし、それは必ず治癒するという安心の上にある入院だった。癌に罹り、病気の進行によってはどんな先行きとなるかわからないという状態で入院するのは初めてだ。これから、どうなるのか、先が見えない。今いるところも定かではない。

なぜ、私はバヌアツにいないのだろう。予定では、今頃はあちらに戻っているはずだった。ヤスさんの誕生パーティで、修たちに交じって、騒いでいるはずだった。

ぱたぱたぱた。陰気な低い足音に気がついた。通路を誰かがやってくる。私のように未明の散歩に出た患者だろうか。少し頭をもたげて足音のするほうを窺うと、警備員だった。二人一組になって、ゆっくりとこちらに近づいてくる。気配を殺して、ベンチに静かに横たわっている私には気がつかないようで、ぼそぼそと話していた。

「救急車が到着した時には、もうほとんど死んでたんだけど、その体が光ってたんだ。俺、見たんだよ」

「多いなぁ……」

「救急車かい、ほんと、ぐっと増えた」

「いや、光る死体の話」

二人の警備員の声が遠ざかると、私はベンチから起き上がった。

談話室に戻ると、男はまだコンピューターのキーを叩いていた。

私はそこに入る気にもならず、ソファに座ってテレビのスイッチをつけた。ちょうど朝のニュースの始まったところだった。

東京オリンピックのことがニュースになっていた。着々と進む工事の光景が映されている。

その後で、東京電力が、福島原発の汚染水を海洋に放出したというニュースが流れていた。低濃度の汚染水なので心配ないという発表を行っているが、その中に混じっているはずのトリチウムのことには言及していない。選挙が終わってから、それまでは無視していた事実を新たに発表する手口は、これまで何回も繰り返されてきたから、驚くこともなくなっている。

汚染水保管タンクの洩れも相変わらず続いている。水洩れは止めた、いや、こっちのタンクも洩れていた、ということの繰り返しなので、またか、という反応しかなくなった。今も大気中には一日2億4千万ベクレル、海洋中には三百トンの汚染水が流れだしている。しかし、その海洋汚染も、タンクの残量から量ったもので、冷却のためにかけて地中に滲みこんでいった水量は量られていない。そもそも壊れた原子炉を冷却するために水をかけつづけていて、それが建屋のコンクリートのひび割れから洩れて、地中に消えているのだから、どうしようもないことは、子供にだってわかる。土に滲みこんでしまった水を回収するなぞ無理な話なのだ。覆水盆に返らず、という諺《ことわざ》があるではないか。

　汚染水に関しては、ドイツも同じことなのだそうだ。地底一千メートルの地下に使用済み核燃料を埋蔵している最終処理場にも地下水が流れこみ、汚染水が流れだしているらしい。原発がある限り、使用済み核燃料は増えつづけ、その処理方法がない以上、環境を汚染していく一方だ。

　人類というのは何をやっているのだろうと思う。自分の住んでいる世界を崩壊させて、何とも思わないのだろうか。奇跡でも起きて、誰かが問題を解決してくれるとでも思っているのだろうか。生きる環境を確保するのは、経済とか豊かな暮らしとかいう以前の問題であるはずなのに。

　子供のいない私には、子供たちのためとか人類の未来のために、何とかしなくては、という意識はあまりない。人類なんぞ絶滅しても仕方ないと思う。

ただ、他人《ひと》さまに迷惑をかけてはならないという、古色蒼然とした日本の伝統的倫理観を強く持っていて、それが私の罪悪感を苛む。原発事故によって、地上の生きとし生けるもの、自然、森羅万象すべてに大変な罪を犯してしまったという慚愧《ざんき》の念だ。

　環境汚染のことを考えるたびに、ああ、とんでもないことになってしまった、これから地球環境は、日本の自然はどうなるのだろうと思うのだが、ふと周囲を見れば、そんな不安も罪悪感も焦燥感も肩透かしを食らったように行き場を失う。

人々の会話にも、街頭のポスターにも、テレビのニュースにもまずそんな話題は見かけない。たまに新聞記事に出る程度だ。ほんとうに、そんな未曾有の汚染がこの国で進行しているのだろうかと不思議になってくる。それが事実ならば、テレビのチャンネルのどこか一局くらいは常に、現状について、経過について、打開策について、どんなことであれ、テーマにした番組が流れているべきだし、人々の話題にもっと上っていてもいいはずだ。いくら事故から何年も過ぎたとはいえ、汚染は何十年も何百年も何千年も続くのだから。なのに、ニュース番組で聞こえてくるのは、中東情勢とかアメリカの経済動向とか、国連がどうした、TPPの条約がどうなったかということばかりだ。国内ニュースの花形は、東京オリンピックときている。汚染水の海洋放出も、これまで通り、まるで円高や円安の話題と同一線上にあるかのように、少し騒がれた後、押し流されていくことだろう。

以前、アンディが語ってくれた話がある。

モルジブでダイビングのインストラクターをしていた頃だ。ラグーンで、日本人観光客三人がカヌーを漕いでいた。浜辺から眺めるといかにものんびりした光景だった。ところが、アンディは少しして様子がおかしいことに気がついた。どうやらカヌーに穴が空いているらしい。一人が必死で中の水をかき出し、二人が猛烈に櫂《かい》を漕いでいる。カヌーはどんどん沈んでいっている。

しかし、日本人三人は、助けを求めることもなく、ただ必死でカヌーを動かしている。最後に、アンディたちが別のカヌーで救助に向かって、浜辺に戻したという。まるでコミックみたいだったよ。何事もないふりをしているんだけど、カヌーはもう水浸しなんだから。

アンディは思い出してもおかしいという風で、目に涙を滲ませて笑っていた。汚染水で国が沈みそうになっているのに、オリンピックに浮かれている国民は、モルジブのその日本人観光客と重なり合う。

オリンピックの話題に続いたのは、中国が尖閣諸島を占拠した場合の日本軍派遣の要綱が固まったというニュースだった。

オリンピックの陰で、ぼんやりとした白黒画像であった戦争が、色がつき、立体的にありありと前に出てくるようになったと思う。しかし、それも3D映像のようなオリンピックの前には霞んでしまい、誰も気にしないようだ。

誰かが明確に戦争しなくてはならないといっているわけではない。しかし、ふと周りを見回せば、オリンピックの喧噪《けんそう》の背後で、米軍と国防軍の合同演習の予定が組まれ、秘密保護法が成立し、北朝鮮や中国の攻撃を想定しての軍備が揃いつつある。しっかりと議論をした上で、と政治家は口にしているが、そんな議論がなされる場面を見たことはなくて、すべては気がつくと決定され、前に推し進められている。

いったい誰が、何を決定し、どうなりつつあるのか、よくわからない。福島の事故で、東電も政府の誰も罪に問われなかったように、誰が何を推進しているのかよくわからないままに、空気は息苦しくなりつつある。しかし、その息苦しさも、東京オリンピックの高揚感の前では錯覚でしかないと思えてしまうのだろう。

ニュースのもたらすものについていけず、テレビの前にぼうっと座るうちに、画面は地方局のスタジオ中継に変わり、県内産のぶどうの収穫が始まったというニュースとなった。ぶどう農家の人たちが、大ぶりのぶどうを一房一房丁寧に切りとっている。今年はよく実ってくれてねぇ、と笑っていた。

次に、スタジオの女性アナウンサーが、「春日町で穫《と》れた薩摩芋ですが、みなさん、この形、見覚えはありませんか」といって、大きな芋の房を手に掲げた。五個の巨大な丸い芋が横繋ぎになっている。

「じゃじゃーん、五輪芋でぇす」

奇形の芋を楽しげに披露するアナウンサーに吐き気を覚えて、テレビのスイッチを切った。

光る死体……。

さきほど洩れ聞いた言葉が浮かんできた。

コンピューター室から、あの男はもう消えていた。通路には照明が灯り、起き出してきた患者たちの姿がある。

光る死体の話は、ネットを見ていて、出てきた覚えがある。確か、人ではなく猪だった。チェルノブイリだ。調べてみると、高い放射線量が測定されたということだった。

談話室にパジャマ姿の男性患者が入ってきて、隣のソファに腰をかけた。私の脇に置いたテレビのリモコンに手を伸ばしてきたので、それを渡してあげて、席を立った。ナースステーションの前にさしかかると、看護師が朝の検診のための準備をしている。洗面所は、顔を洗う患者たちで混んでいる。いつもと変わらない朝……病棟の朝……。いつかこれが日常と化してしまった。オリンピックの騒ぎと、汚染水の漏洩と戦争の密かなる足音が日常と化してしまったように。

人は、とてつもない危機的事態に陥った時、ただ「信じられない」と呟きつづけることしかできないのかもしれない。たぶん、これが、思考停止と呼ばれる状態なのだろう。

解説――忘却のための呪詛《じゅそ》から私たちは逃れられるのか

島村菜津

「バヌアツに家を建てようと思っているんだけど。土地が安いのよ、なっちゃんも買わない？」

と、久しぶりに東京に遊びにきた坂東さんに、突拍子もないことを言われたのは、震災前のことだった。

すでにタヒチに居を構え、ヴェネチアでも暮らし、その後、故郷である高知県の山村に中古の物件を買って落ち着いた様子だっただけに、面食らった。

バヌアツと言われても、活火山観光くらいしか浮ばない。土地を買うという発想もなければ、資金もない者には無縁な話なのでうろ覚えだが、冗談かと思っていたら、あっという間にバヌアツに移住し、木造の家を建てて暮らし始めたではないか。

それにしても、高知の家の改装も途中なのに、いきなり南太平洋の島に土地を買って住んでしまう、その決断力と体力と気力に恐れ入った。

何かにつけ桁違いな人だった。海外に長いと、もはや何人なのか、よくわからなくなってしまったような日本人も多い。しかし、坂東さんは、その逆で、遠くに暮らしていれば暮らすほど、いっそう日本という風土に愛着を深め、誰よりも日本的な心象を掘り下げようとした作家でもあった。

遺作となった『眠る魚』は、遠く離れたバヌアツで、東日本大震災の影響による津波警報が発令される場面から始まる。そこで旅行ガイドや通訳をして暮らす彩実《あやみ》は、福島第一原発の事故による放射能汚染について、悲観的な情報を伝え続ける欧米の報道に当惑しながら、遠い日本を案じていたが、数年後、父の訃報を受けて一時帰国する。一度は故郷を捨てたと覚悟していた彩実だが、いざ父の遺言で、実家と田圃《たんぼ》を、その交際相手に譲らなければならない、となると、ひどく動揺する自分に戸惑う。未完に終わったこの作品は、もちろんフィクションである。しかし、その主人公には、バヌアツに棲《す》み、父を失い、舌癌《ぜつがん》を患った坂東さん自身の姿が重なる。

これまで私は、何が起きても、土地さえあれば生きていけると信じてきた。海外で暮らしていても、喰《く》いつめたら、故郷に戻ればいい。先祖伝来の土地があるのだから、田を耕せばいいと、どこかで安心していた。故郷の土地は、私の最後の砦《とりで》だったのだ。

この、土地というものへの深い帰属意識によって、坂東さんは特異な作家だった。しかも彼女は、土地さえあれば、これを耕し、野菜を育て、山で野草を摘み、海から魚を獲《と》り、そこに家を建て、暮らしていくすべを知っていた。それは、長いタヒチでの自給自足の暮らしで培《つちか》ったものなのか、それとも、高知での幼少時代に、誰かに教わったのだろうか。

そのことを知ったのは、高知の家に遊びに行った時のことだった。

買い取った古いドライブインは、高知空港から四十分ほどの山中にぽつんと立っていた。これを改装するにあたって、リビングも台所もデザイン画はすべて自分で描いていた。奈良女子大学では住宅設計を専攻し、イタリアでインテリアを学んだ。台所の広い窓からは緑の谷間、リビングには暖炉。ピザ窯を誂《あつら》えた庭で、気まぐれにカフェも経営していた。

直売所で買い物し、野菜尽くしの手料理を振舞ってくれた日の翌朝のこと。寝坊して目を覚ますと、坂東さんは、すでに早朝から一仕事終え、腰に鉈《なた》を下げると、滝の祠《ほこら》までの参道に生い茂るツタを打ち払いながら、登っていく。祠にお参りして降りてくると、今度は、暗い沢の斜面に茂ったみょうがをどっさり収穫し、土産にと包んでくれた。山にすっかり溶け込んだマタギのようなその様相に、直木賞も受賞した傑作『山妣《やまはは》』を思い出し「ネオやまんば」とからかうと、いかにも不服そうに「私はおしゃれに田舎に住みたいだけなの」とたしなめられた。

その後も、坂東さんは、やってもやっても果てのない草刈りを一心不乱に続け、全身汗だくになると、山の反対側の温泉に車で案内してくれた。さぶーんと勢いよく湯に浸かりながら、「あー、すっきりしたぁ」と顔を拭う様子は、まるで修行僧の禊《みそぎ》だった。全身全霊を込めて、自分の暮らす土地に情熱を注ぎ込むその姿に、豊穣《ほうじょう》な作品群を生み出した秘密を垣間見たような、そんな気がした。

結局、タヒチにも、バヌアツにも遊びに行かずじまいだが、坂東さんはきっと、どの地も、同じように愛情を注いで育てていたことだろう。だからこそ、故郷を追われた福島の人々の怒りと悲しみを、自らのこととして繰り寄せることができたし、また、これを描くことは必然でもあったのだろう。

住むということは、生活の記憶を場所に刻みつけることだ。その記憶が、その場をひとつの宇宙へと拡げる。家は、単なる雨露を凌《しの》ぐ箱から、ひとつの宇宙に変貌し、幼少期から思春期を育む子宮となるのだ。

大人になっても、その家が地球のどこかに存在することは、好きな時に自分を育んだ子宮に戻れるという安心感を与えてくれる。生暖かな羊水に浸り、いつかまた安心しきってたゆたっていられる日に戻れるという希望の寄る辺となる。

生まれ育った家や土地を失うとは、幼年時代から思春期を育んでくれた子宮に還る希望を失うことだ。

福島の原発事故で、家や土地から避難を強いられた人たちは、その希望を奪われたのだ。


彩実の怒り、それは、美しい日本の景観と自給自足のすべさえあれば生きていける地方の環境を内部から汚した放射能への怒りだ。そして、それは単に電力会社や原子力を推進した政府や経済システムへの怒りではなく、それらを見逃した自分たちへの燃えるような怒りである。


そして、帰国した彩実を待ち構えていた奇妙な現実……。

食材の産地が気になって仕方のない彩実に対し、拍子抜けなほどのんびり構えた友人や家族、被災地を「食べて応援」と唱える人々。

すぐにでも子供を連れて台湾に逃げるという女性と、子供の拉致で妻を訴えると息巻くその夫。受け止める側の恐ろしいほどの落差に、彩実は困惑する。

〃日本という生命エネルギーの袋に穴が空いてしまった〃と嘆く、亡国論を説く鯛《たい》のような顔をした整体師。何事もなかったかのように繰り返される、「偉大なる没個性」の祭典、リカちゃん人形のようなＡＫＢの総選挙……。

さらには、元気だった人が突然、死んでいく謎の風土病「アオイロコ」の噂《うわさ》や、フリーメーソンの秘密結社イルミナティによる人工地震説。まるでネット上の荒唐無稽《こうとうむけい》なデマのような話が、むしろ現実味を帯びていく日常にも、「想定外」という言葉に逃げ込んだ責任者たちへの痛烈な皮肉が込められている。

震災後、どこでも交わされた会話をちりばめながら、彩実の見つめた日本は、どこかグロテスクな異界の様相を呈し始める……。

やがて、「体に気をつけてね。いつまでも若くはないんだから」と、彩実をいたわる叔母の言葉に、彼女は過剰なまでの憤りを覚える。

体に気をつけて。ご自愛ください。無理をしないように。頑張りすぎないように。うわべはいかにも相手のことを心配しているようではあるが、こんな常套句《じょうとうく》の裏には、日本という共同体に囲いこもうとする力が働いている。世間に波風立たせることなく、おとなしく足並み揃《そろ》えて進みましょう、という鉄則を有する共同体だ。

その事なかれ主義の延長上に、原発事故の悲劇をもたらしたものがあり、その後も国家規模の健忘症がありはしないか、と問われているかのようだ。

あれから五年が過ぎ、故郷を追われた人々の苦悩や残った人々の憔悴感《しょうそうかん》をよそに、メディアは、健康とダイエット、オリンピックとおもてなしにご執心だ。だが、それはまるで、忘れなさい、忘れなさい、と耳元で繰り返される呪詛のようにも聞こえないだろうか。

あの事故直後のマスメディアの不甲斐《ふがい》なさに、困惑しなかった日本人はいなかったのではないか。その後も、民主主義国家にあって、原発反対をはっきり表明した著名人たちは、まるでタブーに触れたとでも言うように、マスメディアから排除されていった。大江《おおえ》健三郎《けんざぶろう》、坂本龍一《さかもとりゅういち》、瀬戸内寂聴《せとうちじゃくちょう》らが呼びかけ人の『さよなら原発1000万人アクション』と大勢の署名も、ほとんど黙殺されていないか。

未完に終わった遺言のようなこの作品が投げかけるものは、何でもすぐに忘れてしまう日本の呪縛から、自らを解き放つことができるのか？ということではなかったか。

二〇一五年の一月、元日の晩、高知から友人の車に乗せられて東京の病院に転院した時、坂東さんの意識は混濁し、危うい状態だった。舌癌の再再発だった。しかし、その後、意識も戻り、ひと月近い小康状態が続いた間、たまたま連絡を受けた者ばかりで病院に通うことにした。新潮社の中瀬《なかせ》ゆかりさんがまとめ役、テレビ評論家の吉田潮《よしだうしお》さんが会計係、昼は二人が通い、夜は、私や内澤旬子《うちざわじゅんこ》さんら五人ばかりが交代で病室に着いた。高知からお母さんやご姉妹もやってきた。この時も、酒井順子《さかいじゅんこ》さんのような良きライバルである親友や、坂東さんを〝姉さん〟と慕っていた平山夢明《ひらやまゆめあき》のような、色気を感じる相手には、頑なに連絡を断った。その気持ちはわかる気がした。私たちはどんな姿を晒《さら》しても平気な、気がねしない面々だった。誰もが、その尋常ならぬ生命力に奇跡の復活を期待したが、祈りもむなしく、頸部《けいぶ》への転移は猛威をふるい、もはや放射線治療もままならないと診断されると、坂東さんは、都心の高層病院では落ち着かない、高知に戻りたいと訴えた。そこで、高知のお姉さんが、窓の景色もいい、地元の病院を手配した。病状を思えば、よく許可が出たものだと思うが、病院が航空会社に交渉し、バヌアツから駆けつけた夫のケビンと、スーパーナースの付き添いのもと、晴れて故郷に帰還することになった。その朝、痛みの度合いを訊《たず》ねた薬剤師に、坂東さんはゼロと指を丸くし、微笑《ほほえ》んだ。「必ずまた、会おうね」。私はそう言ってから、心の中で「どこで?」と独り言ちた。それが最後だった。よく晴れた、穏やかな朝だった。五日後、坂東さんは高知で、地元の友人や家族に看取《みと》られて息を引き取った。

童話作家から出発し、ホラーブームの火付け役となり、民俗学の闇や異文化の邂逅《かいこう》を描き、地方分権を謳《うた》った。日本の風土を誰よりも愛し、その悪《あ》しき習慣を誰よりも憎んだスケールの大きな作家、坂東眞砂子の世界が、『死国』の上映会辺りをきっかけに、もう一度、次の世代に再発見される時が待ち遠しい。

（しまむら・なつ　作家）

連載中に著者が逝去したため、本作は未完の絶筆小説です。

本作はフィクションです。実在の人物及び団体、事件などには一切関係ありません。また、東日本大震災後の国内外の状況についても現実とは異なる部分があります。ご留意の上、お読みください。

誤表記とみられる箇所などについては、編集部の判断で修正いたしました。

初出　集英社WEB文芸「レンザブロー」
二〇一三年二月一五日～二〇一四年一月一〇日
本書は、二〇一四年五月、集英社より刊行されました。

集英社文庫　目録（日本文学）

原　宏一　ムボガ
原　宏一　かつどん協議会
原　宏一　極楽カンパニー
原　宏一　シャイン！
原　民喜　夏の花
原田ひ香　東京ロンダリング
原田マハ　旅屋おかえり
原田マハ　ジヴェルニーの食卓
原田宗典　優しくって少しばか
原田宗典　スバラ式世界
原田宗典　しょうがない人
原田宗典　日常ええかい話
原田宗典　むむむの日々
原田宗典　元祖スバラ式世界
原田宗典　十七歳だった！
原田宗典　本家スバラ式世界

原田宗典　平成トム・ソーヤー
原田宗典　大サービス
原田宗典　すんごくスバラ式世界
原田宗典　幸福らしきもの
原田宗典　笑ってる場合
原田宗典　はらだしき村
原田宗典　大変結構、結構大変。ハラダ九州温泉三昧の旅
原田宗典　吾輩ハ作者デアル
原田宗典　私を変えた一言
春江一也　プラハの春(上)(下)
春江一也　ベルリンの秋(上)(下)
春江一也　カリナン
春江一也　ウィーンの冬(上)(下)
春江一也　上海クライシス(上)(下)
坂東眞砂子　桜雨
坂東眞砂子　曼荼羅道《まんだらどう》

坂東眞砂子　快楽の封筒
坂東眞砂子　花の埋葬　24の夢想曲
坂東眞砂子　鬼に喰われた女　今昔千年物語
坂東眞砂子　逢はなくもあやし
坂東眞砂子　傀儡《くぐつ》
坂東眞砂子　くちぬい
坂東眞理子・上野千鶴子　女は後半からがおもしろい
坂東眞砂子　朱鳥《あかみどり》の陵《みささぎ》
坂東眞砂子　眠る魚
半村　良　雨やどり
半村　良　かかし長屋
半村　良　すべて辛抱(上)(下)
半村　良　産霊山《むすびのやま》秘録《ひろく》
半村　良　石の血脈
半村　良　江戸群盗伝
東　直子　水銀灯が消えるまで

集英社文庫　目録（日本文学）

集英社文庫　目録（日本文学）

広瀬　正　エロス
広瀬　正　鏡の国のアリス
広瀬　正　T型フォード殺人事件
広瀬　正　タイムマシンのつくり方
広谷鏡子　シャッター通りに陽が昇る
広中平祐　生きること学ぶこと
アーサー・ビナード　出世ミミズ
アーサー・ビナード　空からきた魚
深田祐介　翼の時代　フカダ青年の戦後と恋
深町秋生　バッドカンパニー
福田和代　怪物
福本清三　小田豊二　どこかで誰かが見ていてくれる　日本一の斬られ役　福本清三
藤田宜永　はなかげ
藤野可織　パトロネ
藤本ひとみ　快楽の伏流
藤本ひとみ　離婚まで
藤本ひとみ　令嬢テレジアと華麗なる愛人たち
藤本ひとみ　ブルボンの封印(上)(下)
藤本ひとみ　ダ・ヴィンチの愛人
藤本ひとみ　マリー・アントワネットの恋人
藤本ひとみ　令嬢たちの世にも恐ろしい物語
藤本ひとみ　皇后ジョゼフィーヌの恋
藤原章生　絵はがきにされた少年
藤原新也　全東洋街道(上)(下)
藤原新也　アメリカ
藤原新也　ディングルの入江
藤原美子　我が家の流儀　藤原家の闘う子育て
藤原美子　家族の流儀　藤原家の褒める子育て
船戸与一　猛《たけ》き箱舟(上)(下)
船戸与一　炎　流れる彼方
船戸与一　虹の谷の五月(上)(下)
船戸与一　降臨の群れ(上)(下)
船戸与一　河畔《かはん》に標《しるべ》なく
船戸与一　夢は荒れ地を
船戸与一　蝶舞う館
古川日出男　サウンドトラック(上)(下)
古川日出男　gift
辺見　庸　水の透視画法
保坂展人　いじめの光景
星野智幸　ファンタジスタ
星野博美　島へ免許を取りに行く
細谷正充・編　新選組傑作選　誠の旗がゆく
細谷正充・編　時代小説傑作選　江戸の爆笑力
細谷正充　宮本武蔵の『五輪書』が面白いほどわかる本
細谷正充・編　時代小説アンソロジー　くノ一、百華
細谷正充・編　野辺に朽ちぬとも　吉田松陰と松下村塾の男たち
堀田善衞　若き日の詩人たちの肖像（上・下）
堀田善衞　めぐりあいし人びと

集英社文庫　目録（日本文学）

堀田善衞　ミシェル城館の人　第一部 争乱の時代
堀田善衞　ミシェル城館の人　第二部 自然 理性 運命
堀田善衞　ミシェル城館の人　第三部 精神の祝祭
堀田善衞　ラ・ロシュフーコー公爵傳説
堀田善衞　上海にて
堀田善衞　ゴヤ Ⅰ　スペイン・光と影
堀田善衞　ゴヤ Ⅱ　マドリード・砂漠と緑
堀田善衞　ゴヤ Ⅲ　巨人の影に
堀田善衞　ゴヤ Ⅳ　運命・黒い絵
穂村弘　本当はちがうんだ日記
堀辰雄　風立ちぬ
堀江貴文　徹底抗戦
堀江敏幸　なずな
本上まなみ　めがね日和
本多孝好　MOMENT
本多孝好　正義のミカタ　I'm a loser

本多孝好　WILL
本多孝好　MEMORY
本多孝好　ストレイヤーズ・クロニクル ACT-1
本多孝好　ストレイヤーズ・クロニクル ACT-2
本多孝好　ストレイヤーズ・クロニクル ACT-3
誉田哲也　あなたが愛した記憶
本多有香　犬と、走る
本間洋平　家族ゲーム
前川奈緒　深谷かほる・原作　ハガネの女
槇村さとる　イマジン・ノート
槇村さとる　キム・ミョンガン　あなた、今、幸せ？
槇村さとる　ふたり歩きの設計図
万城目学　ザ・万遊記
万城目学　偉大なる、しゅららぼん
益田ミリ　言えないコトバ
益田ミリ　夜空の下で

枡野浩一　ショートソング
枡野浩一　石川くん
枡野浩一　淋しいのはお前だけじゃな
枡野浩一　僕は運動おんち
町山智浩　アメリカは今日もステロイドを打つ　USAスポーツ狂騒曲
町山智浩　トラウマ映画館
町山智浩　トラウマ恋愛映画入門
松井今朝子　非道、行ずべからず
松井今朝子　家、家にあらず
松井今朝子　道絶えずば、また
松井今朝子　壺中の回廊
松浦弥太郎　本業失格
松浦弥太郎　くちぶえサンドイッチ　松浦弥太郎随筆集
松浦弥太郎　最低で最高の本屋
松浦弥太郎　場所はいつも旅先だった
松浦弥太郎　いつもの毎日。　衣食住と仕事

集英社文庫　目録（日本文学）

松浦弥太郎　日々の100
松浦弥太郎　松浦弥太郎の新しいお金術
松浦弥太郎　続・日々の100
松浦弥太郎　おいしいおにぎりが作れるならば。「暮しの手帖」での日々を綴ったエッセイ集
フレディ松川　老後の大盲点
フレディ松川　ここまでわかった　ボケる人ボケない人
フレディ松川　好きなものを食べて長生きできる　長寿の新栄養学
フレディ松川　60歳でボケる人　80歳でボケない人
フレディ松川　はっきり見えたボケの入口　ボケの出口
フレディ松川　わが子の才能を伸ばす親　つぶす親
フレディ松川　不安を晴らす3つの処方箋　認知症外来の午後
松樹剛史　ジョッキー
松樹剛史　スポーツドクター
松樹剛史　GO-ONE
松樹剛史　エアエイジ
松永多佳倫　沖縄を変えた男　栽弘義——高校野球に捧げた生涯

松永天馬　少女か小説か
松本侑子　花の寝床
モンゴメリ　松本侑子・訳　赤毛のアン
モンゴメリ　松本侑子・訳　アンの青春
モンゴメリ　松本侑子・訳　アンの愛情
丸谷才一　星のあひびき
麻耶雄嵩　メルカトルと美袋《みなぎ》のための殺人
麻耶雄嵩　貴族探偵
麻耶雄嵩　あいにくの雨で
麻耶雄嵩　貴族探偵対女探偵
眉村卓　僕と妻の1778話
三浦綾子　裁きの家
三浦綾子　残像
三浦綾子　石の森
三浦綾子　ちいろば先生物語(上)(下)
三浦綾子　明日のあなたへ　愛するとは許すこと

みうらじゅん　とんまつりJAPAN　日本全国とんまな祭りガイド
みうらじゅん　宮藤官九郎　どうして人はキスをしたくなるんだろう？
三浦しをん　光
三木卓　柴笛と地図
三崎亜記　となり町戦争
三崎亜記　バスジャック
三崎亜記　失われた町
三崎亜記　鼓笛隊の襲来
三崎亜記　廃墟建築士
三崎亜記　逆回りのお散歩
水上勉　故郷
水上勉　働くことと生きること
水谷竹秀　日本を捨てた男たち　フィリピンに生きる「困窮邦人」
水野宗徳　さよなら、アルマ　戦場に送られた犬の物語
水森サトリ　でかい月だな
三田誠広　いちご同盟

集英社文庫

眠《ねむ》る魚《さかな》

2017年2月25日　第1刷　　定価はカバーに表示してあります。

著　者　坂東眞砂子《ばんどうまさこ》

発行者　村田登志江

発行所　株式会社　集英社
東京都千代田区一ツ橋2-5-10　〒101-8050
電話　【編集部】03-3230-6095
【読者係】03-3230-6080
【販売部】03-3230-6393(書店専用)

印　刷　大日本印刷株式会社

製　本　ナショナル製本協同組合

フォーマットデザイン　アリヤマデザインストア　　マークデザイン　居山浩二

ISBN978-4-08-745543-4 C0193